Paola Capriolo

DER STUMME PIANIST

Paola Capriolo

DER STUMME PIANIST

Roman

Aus dem Italienischen
von Michael von Killisch-Horn

Edition **Elke Heidenreich** bei C. Bertelsmann

Die Originalausgabe erschien 2009 unter dem Titel
»Il pianista muto« bei Bompiani, RCS Libri S.p.A., Milano

MIX
Papier aus verantwortungsvollen Quellen
FSC
www.fsc.org
FSC® C014496

Verlagsgruppe Random House FSC-DEU-0100
Das für dieses Buch verwendete FSC®-zertifizierte
Papier *Munken Premium* liefert
Arctic Paper Munkedals AB, Schweden.

Die Bücher der Edition Elke Heidenreich
erscheinen im C. Bertelsmann Verlag,
einem Unternehmen der Verlagsgruppe Random House.

1. Auflage

Satz: Uhl + Massopust, Aalen
Druck und Bindung: GGP Media GmbH, Pößneck
Printed in Germany
ISBN: 978-3-570-58016-5

www.edition-elke-heidenreich.de

Vom meer her blies eine kalte, kräftige Brise, und Nadine schloss ihre Jacke über der Brust, denn es fröstelte sie in diesem Wind, der bereits einen Vorgeschmack auf den Winter gab. Wie immer blieb sie an der ersten Biegung des Pfads stehen, wo die Sicht weiter wurde, und ließ den Blick über die schroffen Konturen der steilen Felsen wandern, um die graue verschwommene Unendlichkeit zu betrachten, in der Wasser und Himmel eins wurden. Dieser Anblick löste stets ein verzehrendes Heimweh in ihr aus, ein fast schmerzhaftes Gefühl der Zugehörigkeit, obwohl sie Derartiges niemals in der düsteren Vorstadtmietskaserne gesehen hatte, in der sie ihre Kindheit verbracht hatte. Bis zu dem Tag, an dem sie in der Klinik angestellt worden war, war das Meer für sie nur ein fernes und unwirkliches blaues Bild gewesen, das ihr auf dem Bildschirm ihres Fernsehers entgegengeleuchtet hatte. Damals hatte sie den Schrei der Möwen nicht gekannt, hatte nie den salzigen Geruch in der Nase gehabt, den sie jetzt begierig einsog, und doch war ihr das alles sofort vertraut gewesen, wie ein altes Lied aus der Kindheit, das sie, als sie größer wurde, unerklärlicherweise vergessen hatte.

Nachdem sie lange in dieser unbestimmten Weite verharrt hatte, richtete sie den Blick auf den grauweißen Streifen des Strandes, wo etwas ihre Aufmerksamkeit erregte: nicht das übliche Ersterben der Wellen, die in einer sanften Bewegung auf dem Sand ausrollten, und auch nicht die verlassenen Hütten, bei denen schon seit geraumer Zeit nicht mal mehr der Schatten eines Badenden zu sehen war, sondern etwas, das sich genau auf halbem Weg zwischen dem Wasser und den Hütten befand, ein dunkler Umriss, in dem sie auf diese Entfernung einen großen Fisch oder vielleicht ein Wrack zu erkennen glaubte, das die Flut an die Küste gespült hatte.

Ohne Eile setzte sie ihren Weg zum Strand hinunter fort und warf von Zeit zu Zeit einen neugierigen Blick auf den dunklen Umriss. Erst als sie näher kam, erkannte sie, dass es sich um einen Mann handelte; und jetzt rannte sie zu ihm, während ihr all die Geschichten von Ertrunkenen durch den Kopf schossen, mit denen die Gäste des Red Lion sie so gern an ihren freien Nachmittagen erschreckten: grausige, peinlich genaue Beschreibungen der aufgeschwemmten, geschwollenen Körper, die das Meer bisweilen zurückgab, nachdem es sie auf die entsetzlichste Weise verwandelt hatte; und sie fürchtete schon den Augenblick, da sie diesen Leib würde umdrehen müssen, der jetzt mit dem Gesicht nach unten im Sand lag, als schäme er sich, den eigenen Verfall dem Sonnenlicht preiszugeben.

Einen Augenblick war sie versucht, umzukehren und den makabren Fund anderen zu überlassen, doch dann dachte sie, dass eine Krankenschwester, auch wenn sie gerade erst ihre Prüfung gemacht hatte, sich ihrer Verantwortung nicht entziehen dürfe wie ein übersensibles kleines Mädchen. Ganz zu schweigen von ihrer Neugier. Und ganz zu schweigen von dem Mitleid, das ihr beim Anblick dieses reglosen Körpers die Kehle zuschnürte. Daher lief sie nach kurzem, erschrockenem Zögern den Pfad hinunter zum Strand und rannte entschlossen auf den Mann zu; um im Sand schneller voranzukommen, zog sie sogar ihre Schuhe aus, die das Gehen im Sand allzu unsicher und wacklig machten, und trug sie in den Händen, da sie es, solange sie denken konnte, gewohnt war, ihre Sachen gegen Diebe und Räuber jeder Art zu verteidigen.

Als sie nur noch wenige Schritte von ihm entfernt war, bemerkte sie, dass die Kleidung des Mannes verschlissen und nass war, was jedoch offenbar nicht auf das zerstörerische Werk der Wellen zurückging. Sie tadelte sich dafür, dass sie sofort gedacht hatte, es handele sich um einen Ertrunkenen, anstatt weniger dramatische Hypothesen in Betracht zu ziehen; es konnte sich beispielsweise um einen Landstreicher handeln, der dort ein Nickerchen machte, nachdem er ein Gläschen zu viel getrunken hatte, so dass ihm die feuchte Liebkosung der Flut entgangen war. Doch wer würde in einer solchen Position schlafen, das Gesicht in den Sand gedrückt, die Hände fächerförmig geöffnet, die Arme und Beine ausgestreckt, auf dem Boden ausgebreitet wie eine Puppe oder ein vertrockneter Seestern? So würden sich höchstens die Anhänger eines grausamen Glaubens niederwerfen, auf den Boden gepresst vor dem Bild ihres Gottes; doch dass der Mann nicht betete, war nur allzu deutlich an seiner vollkommenen Reglosigkeit zu erkennen; nicht einmal als sie sich über ihn beugte und vorsichtig die Hände auf seinen Rücken legte, zeigte er irgendeine Reaktion.

Als sie jedoch leicht drückte, spürte sie unter ihren Handflächen ein kaum merkliches Zucken, ein Zeichen, dass der Mann noch atmete, dass er lebte, und diese Entdeckung erschütterte sie, warum auch immer, so sehr, dass sie die Flucht ergriff. Schwankend lief sie zurück, verfolgt von den ohrenbetäubenden Schreien der Möwen. Erst nach der Hälfte des Weges blieb sie stehen, um Atem zu schöpfen, und bemerkte, dass sie ihre Schuhe hatte fallen lassen; doch in diesem Augenblick war ihr nicht danach, umzukehren und sie aufzuheben.

Was tue ich eigentlich?, fragte sie sich. Warum bin ich weggelaufen? Aber nein, natürlich war sie nicht weggelaufen; wenn sie zurückgerannt war, dann nur deswegen, weil sie zur Klinik zurückkehren und Hilfe holen wollte – das einzig logische Verhalten in einer solchen Situation –, und innerhalb weniger Augenblicke gelang es ihr, sich einzureden, dass wirklich nichts anderes dahintersteckte und dies von Anfang an ihre Absicht gewesen sei. Also lief sie weiter den steilen gewundenen Pfad hinauf, der in den Fels des Küstenvorsprungs gehauen war, wobei sie sich die Strümpfe hoffnungslos an den spitzen Steinen ruinierte und sich von Zeit zu Zeit umdrehte, um von oben auf den großen Seestern zu blicken, der seine Arme auf dem grauweißen Sand ausbreitete.

Oben angekommen, sah sie jenseits der Bäume die Schornsteine der Klinik und die rostige Wetterfahne in Gestalt eines Hahns emporragen; dann tauchten allmählich ein paar Mauerteile zwischen dem Laub auf. Noch ein kurzes Stück und ich bin da, dachte sie, während sie um die Buchsbaumhecken herumging und den Park betrat; jetzt lag die Klinik direkt vor ihr mit ihren Reihen vergitterter Fenster, dem Portikus mit den weißen Säulen, die sich von der braunen Fassade abhoben, und den schlanken, grazilen Arkaden des Wintergartens, dessen Glasscheiben im Morgenlicht gleißten.

Es war ihr nie aufgefallen, dass die Wiese so groß war. Sie rannte darüber, ohne auf das vom Tau nasse Gras zu achten, dann sprang sie mit einem Satz die Stufen des Portikus hinauf, und als sie in der Eingangshalle war, nahm sie den ersten Korridor, wo sie nacheinander die Klinken der verschlossenen Sprechzimmertüren herunterdrückte, bis sie endlich den diensthabenden Arzt fand. Wie immer, wenn sie innerlich stark aufgewühlt war, kamen ihr unbewusst die Worte ihrer Muttersprache über die Lippen, Worte, die zu verstehen hier niemand imstande war, erst recht nicht der blonde junge Arzt, dessen wässrige Augen mit einer Mischung aus Verblüffung und Misstrauen ihr schokoladebraunes Gesicht musterten. Dann aber gelang es ihr, sich zu beruhigen und die Situation zu erklären.

Nachdem sie kurz in ihr Zimmer hinaufgegangen war und sich ein anderes Paar Schuhe angezogen hatte, war sie schon wieder auf dem Weg zum Strand, gefolgt von dem Arzt und zwei Krankenträgern. An der Biegung des Pfads blieb sie stehen und deutete mit ausgestrecktem Arm auf die Stelle zwischen den Hütten und dem Ufer, wo sie den leblosen Körper zurückgelassen hatte; aber da war kein Körper, nur der helle Streifen des Sandes, der verlassen zum Meer hin abfiel.

Doch Nadine ließ sich nicht beirren; schließlich hatte sie den Mann ja nicht geträumt, mit eigenen Augen hatte sie ihn gesehen, in einer Verfassung, in der er unmöglich auf seinen zwei Beinen davongegangen sein konnte. Es sei denn, fiel ihr ein, das Meer hätte ihn sich zurückgeholt; doch einen so grausigen Gedanken wagte sie nicht auszusprechen. Nein, der Mann musste noch da sein, irgendwo; vielleicht hatte er sich wie ein verwundetes Tier mit letzter Kraft in einen verborgenen Winkel geschleppt, wo sie ihn zweifellos finden würden, wenn sie sich nur die Mühe machten, ihn zu suchen.

Kurz und gut, sie bedrängte die anderen so sehr, dass sie schließlich mit ihr zum Strand hinuntergingen. Unten angekommen (unterwegs hatte sie die Schuhe aufgehoben, die sie hatte fallen lassen), konnte sie zunächst nicht anders, als am Ufer die unruhige Weite abzusuchen, die sich vor ihr kräuselte, doch sie sah nichts und war sich nicht sicher, ob sie sich darüber freuen oder das zum Anlass für ihre schlimmsten Befürchtungen nehmen sollte. Unterdessen hatten die Krankenträger die Tragbahre abgesetzt und suchten den Strand Schritt für Schritt ab, während der Arzt abseits wartete und ständig ungeduldig auf die Uhr schielte.

Einige Minuten vergingen, der Arzt wollte die anderen schon zurückrufen und der sinnlosen Suche ein Ende bereiten, als einer der Krankenträger plötzlich einen Schatten zwischen den Hütten bemerkte, und nachdem er seinen Begleitern ein Zeichen gemacht hatte, lief er in diese Richtung. Alle beeilten sich jetzt, ihn einzuholen, Nadine, der zweite Krankenträger und sogar der Arzt, der augenblicklich aufgehört hatte, auf die Uhr zu blicken, doch sie bewegten sich mit instinktiver Vorsicht, wie bei einer Treibjagd, ohne ein einziges Wort und darauf bedacht, dass die Schuhe nicht im Sand knirschten. Und dann sahen sie ihn endlich: einen hochgewachsenen, schlaksigen jungen Mann in einem triefenden dunklen Anzug, dessen Schnitt sie auf den ersten Blick nicht zu erkennen vermochten.

Als der junge Mann sie sah, wich er leicht zurück, als wollte er fliehen; dann jedoch begann er, auf sie zuzugehen, langsam und mit unsicheren Schritten, wobei er sie aus großen, verwirrten Augen anstarrte.

Ich füge meinem Brief ein Postskriptum hinzu, um Dir eine Nachricht mitzuteilen, die Dich möglicherweise weniger als Arzt denn als eifriger Leser von Kriminalromanen interessieren könnte. Denn über die ruhige Gemeinschaft dieser Klinik, in der immer alles seinen gewohnten Gang geht, ist gestern unversehens das GEHEIMNIS (erlaube mir bitte den etwas emphatischen Gebrauch der Großbuchstaben) in Gestalt eines abwesenden jungen Mannes gekommen, den eine unserer Krankenschwestern am nahen Strand gefunden hat.

Das Lokalblättchen hat dem Vorfall einen reißerisch aufgemachten Artikel gewidmet, der heute Morgen an gebührender Stelle zwischen dem Wetterbericht und der Ausschreibung eines Gärtnereiwettbewerbs veröffentlicht wurde, doch Du, als der privilegierte Großstadtmensch, der Du geworden bist, hältst es natürlich für unter Deiner Würde, unser Lokalblättchen zu lesen, daher vertraue ich darauf, dass diese Geschichte völlig neu für Dich sein wird, und will sie Dir mit der genauen Kenntnis der Umstände erzählen, über die ich als Augenzeuge verfüge.

Also: Als er vor mir im Sprechzimmer erschien, befand sich der Junge (ich sage Junge, weil er nicht älter als zwanzig sein kann) in einem offensichtlichen Zustand der Verwirrung. Ich erspare Dir die Einzelheiten des Krankheitsbildes, das an sich nicht weiter bemerkenswert war; selbst die Tatsache, dass der Patient auf meine Fragen nicht antwortete, dass er, obwohl ihm organisch nichts fehlte, nicht fähig war, auch nur ein Wort herauszubringen, ist keineswegs ein seltenes Symptom und erklärt sich leicht als Folge eines psychischen Traumas. Doch das alles weißt Du besser als ich, und Du wirst Dich sicher fragen, warum zum Teufel ich beschlossen habe, Dich mit einem so banalen Fall zu langweilen. Aber noch einmal: Ich wende mich nicht an den Arztkollegen, sondern an den leidenschaftlichen Rätsellöser, der, wenn er sich noch einen Augenblick gedulden will, an dieser Geschichte einiges zu knabbern haben wird.

Alles in allem sind wir uns wohl einig, dass Verwirrungszustand und Mutismus alltägliche Phänomene sind, schwierig zu behandeln vielleicht, aber von geringem wissenschaftlichem Interesse. Wir sind auch bereit, ohne mit der Wimper zu zucken hinzunehmen, dass der Patient keine Ausweispapiere bei sich hatte; schließlich konnte er sie unterwegs (unterwegs wohin?) verloren haben oder im Wasser, falls er, nach der phantasievollen Hypothese der Krankenschwester, wirklich von der Flut an den Strand gespült worden sein sollte. Merkwürdig ist dagegen (und das müsste jetzt so langsam Deine Neugier erregen) das Fehlen jedes weiteren Hinweises, der erlauben würde, die Identität des Jungen zu ermitteln.

Als sie ihn in die Klinik brachten, trug er einen Frack, ungelogen. Einen gut geschnittenen Frack, aber dermaßen verschlissen und verschossen, dass das Schwarz sich in ein gräuliches Braun verwandelt hatte. Und jetzt frage ich Dich, was ein Herr im Frack an unserem kleinen Strand zu suchen hatte, fernab aller Orte, an denen man sich abends in Schale wirft, und noch dazu außerhalb der Saison, wenn es nicht einmal den abenteuerlustigsten Touristen in diese gottverlassene Gegend treibt. Doch das ist noch nicht alles, weit gefehlt!

Hinzu kommt, dass im Anzug und in den Schuhen jede Spur eines Etiketts fehlte, als hätte jemand diese sorgfältig entfernt oder, besser, als hätte es nie welche gegeben. Nicht mal die geringste Spur einer Naht oder dieser klebrige Streifen, der auf der Innensohle zurückbleiben müsste. Was meinst Du? Ist das ein Geheimnis, das es verdient, mit Großbuchstaben geschrieben zu werden, oder nicht?

Was den Jungen betrifft, so ist einfach nichts aus ihm herauszukriegen. Obwohl wir ihm Papier und Feder zur Verfügung stellten, ließ er sich nicht herab, auch nur ein Wort zu schreiben, ja, er schien überhaupt nicht zu verstehen, was wir von ihm wollten. Er beschränkte sich darauf, uns anzublicken, mich, die junge farbige Krankenschwester und die Kollegen, die ratlos die Szene verfolgten, er starrte uns mit diesen großen erschrockenen Augen an, in denen ich nichts als tiefste Verwirrung zu erkennen vermochte. Wie es scheint, hat er die ganze Zeit so geblickt, seit man ihn am Strand gefunden hat. Er hat sich hierherbringen lassen, ohne sich zu wehren, doch es gibt keinen Hinweis darauf, dass er sich seiner Situation auch nur ansatzweise bewusst ist. Du kennst doch diese streunenden Hunde, die sich uns manchmal aus irgendeinem Impuls heraus einen Spaziergang lang anschließen, um auf einmal einen anderen Weg einzuschlagen und genauso plötzlich wieder zu verschwinden, wie sie gekommen sind? So verhielt sich dieser Junge, nur dass seine Retter ihm nicht erlaubt hätten, sich davonzumachen, selbst wenn er es gewollt hätte. Natürlich ist er immer noch hier, untergebracht in einem schönen Zimmer und auf jede erdenkliche Weise umsorgt. Übrigens finden auch streunende Hunde bisweilen ein Zuhause.

Ich sehe Dich jetzt geradezu vor mir, mein Freund, wie Du aufgeregt, an Deinem wunden Punkt getroffen, darauf brennst, mir Deine Vermutungen mitzuteilen. Aber lass Dir ruhig Zeit; das Finale ist noch weit entfernt, in dem sich in bester Tradition alle um den genialen Ermittler versammeln, um aus seinem Mund die Lösung des Falls zu erfahren. Ich habe Dir noch nicht alles erzählt, das Wichtigste kommt erst noch.

Bevor ich mich in dieser preziösen Abschweifung über die streunenden Hunde verloren habe, schrieb ich Dir, dass unser Patient, als wir ihm Papier und Feder gaben, nicht imstande war, auch nur ein Wort zu schreiben. Nach einiger Zeit jedoch hob er endlich, vielleicht auf mein behutsames Drängen hin, die Feder und begann ganz allmählich, mit langsamer und quälender Sorgfalt, wobei er sich nicht nur mit seinem Blick, sondern, wie es schien, mit seiner ganzen Seele auf das Blatt konzentrierte, eine Zeichnung anzufertigen. Was er zeichnete? Dreimal darfst Du raten! Aber nein, ich muss es Dir sagen, die Antwort ist so merkwürdig und verblüffend, dass Du in tausend Jahren nicht draufkommen würdest …

DAS GERÜCHT VERBREITETE sich rasch in der ganzen Klinik. Und nicht nur in der Klinik; dank des Getratsches zwischen Dienstpersonal und Lieferanten und der vorsichtigen Andeutungen, die ein Polizist, dem das Bier die Zunge gelöst hatte, wie Perlen auf die Tische des Red Lion hatte fallen lassen, machte im ganzen Dorf schon bald die Runde, dass der Junge, der am Strand gefunden worden war, anstatt seinen Namen aufzuschreiben oder irgendetwas anderes, das Auskunft über seine Situation hätte geben können, mit langsamen und präzisen Strichen die Umrisse eines Klaviers gezeichnet hatte.

Ein merkwürdiger Umstand, den die Lokalzeitung unverzüglich aufgriff und dessen Echo schließlich sogar die Presse der Nachbarstadt erreichte. In der Klinik dagegen hatte noch niemand etwas von der Berühmtheit mitbekommen, die der neue Patient allmählich erlangte; auf die wenigen Anrufe aus den Zeitungsredaktionen antwortete der Direktor kurz angebunden, bestätigte, was zu bestätigen war, dementierte, was dementiert werden musste, versuchte aber stets, dem Gesprächspartner möglichst wenig Anlass zu Vertraulichkeiten zu geben. Ansonsten wurde seine ganze Energie genau wie die des gesamten Mitarbeiterstabs von diesem eigenartigen Fall in Anspruch genommen, insbesondere von der Zeichnung, die den ganzen Vormittag von Hand zu Hand ging und Gegenstand der unterschiedlichsten Phantastereien war.

Dass es sich um ein Klavier handelte, stand außer Zweifel;

und dass der Patient ausgerechnet ein Klavier gezeichnet und gleich darauf die Feder aus der Hand gelegt hatte, als habe er nichts weiter hinzuzufügen, war ein Zeichen, dass dieses Instrument für ihn eine besondere Bedeutung hatte. Und war der Frack nicht die Kleidung eines Musikers? Die Gründe, warum ein Musiker, noch dazu in einen Frack gekleidet, in verwirrtem Zustand über den örtlichen Strand irrte, blieben ein Geheimnis, doch ein erster Schritt schien immerhin gemacht, eine glaubwürdige Vermutung in den Raum gestellt; nun musste sie nur noch anhand der Fakten überprüft werden, in der Hoffnung, nicht auf eine Enttäuschung zuzusteuern.

Mit anderen Worten: Es ging darum, den Patienten mit einem Klavier zu konfrontieren, und Gott sei Dank gab es eines in der Klinik, einen uralten Flügel (aber immerhin ein Steinway), der vor Jahren von einem Wohltäter gespendet und in den Wintergarten verbannt worden war, wo er manchmal anlässlich eines Feiertags oder einer Feierlichkeit benutzt wurde. Erst vor zwei Wochen war er neu gestimmt worden, weshalb man davon ausgehen konnte, dass er funktionierte; er musste lediglich abgestaubt werden, und die junge Krankenschwester Nadine, die sich schier umbrachte aus Eifer für den neuen Patienten, den sie, davon war sie überzeugt, aus dem Wasser gerettet hatte, bestand darauf, sich persönlich darum zu kümmern.

Zum ersten Mal begab sie sich daher in den Wintergarten und riss die Augen weit auf, als sie die durchsichtige Kuppel erblickte, die sie mit ihren dünnen Rippen aus emailliertem Eisen an einen umgekehrten Blütenkelch erinnerte. Sie wusste nicht genau, was ein Wintergarten war und warum dieser Raum so genannt wurde, da er keinerlei Pflanzen enthielt, sondern lediglich ein paar abgenutzte Korbsessel und wacklige Tischchen, die im Raum verteilt waren; sie stellte sich jedoch vor, dass dieser Ort zu der Zeit, als das Gebäude noch ein Adelssitz gewesen und logischerweise von einem Lord und einer Lady bewohnt worden war, übergequollen war von Farnkraut, Zwergpalmen und Orchideen mit langen getigerten Blütenblättern und dass er den Besitzern in der schlechten Jahreszeit tatsächlich einen annehmbaren Gartenersatz geboten hatte.

Der Flügel stand auf einem Podest im hinteren Teil des Raums, schwarz glänzend wie der Leib eines riesigen Käfers, trotz des Staubs, der ihn bedeckte. Nadine überwand ihre Zurückhaltung und näherte sich ihm, ging zwei- oder dreimal um ihn herum, um ihn genauer ins Auge zu fassen, strich vorsichtig mit den Handflächen darüber, als schlösse sie Freundschaft mit einem unbekannten Tier, und wischte dann mit dem Lappen über alle lackierten Flächen, wobei sie darauf achtete, dass ihr auch nicht das kleinste Staubkörnchen entging – Staubkörnchen gab es jede Menge, gnadenlos von den Lichtbündeln sichtbar gemacht, die durch die Glasscheiben fielen –, und endlich, nachdem sie nach allen Regeln der Kunst auch die Tastatur poliert und dabei zu ihrem Vergnügen ein rasches Klanggetöse erzeugt hatte, stellte sie die Armsessel in zwei weiten Halbkreisen um das Podest herum auf.

Zufrieden mit ihrer Arbeit verständigte sie den Direktor und ging selbst hinauf, um den Patienten zu holen, während sich sämtliche Ärzte der Klinik mit ihren Notizblöcken im Wintergarten versammelten und darauf warteten, diesem entscheidenden Experiment beizuwohnen.

Als der junge Mann endlich in Begleitung der Krankenschwester hereinkam, blieb er, kaum hatte er die Schwelle überschritten, stehen und hob die Hand zu den Augen, vielleicht um sich vor dem Licht zu schützen; dann ließ er sie langsam sinken, und die anderen sahen, dass er den Flügel anstarrte. Man war übereingekommen, ihm nichts zu sagen und ihn in keiner Weise zu drängen, sondern es ihm zu überlassen, sich dem Instrument zu nähern, falls er es wollte, und ganz spontan, aus freien Stücken, den erhofften Beweis zu liefern. Daher warteten alle schweigend, mit angehaltenem Atem, einschließlich der Krankenschwester Nadine, die, nachdem sie sich schweren Herzens von ihrem Schützling getrennt hatte, brav auf einem der Korbsessel Platz genommen hatte.

Jetzt zögerte der Patient nicht länger. Unter den wohlgefälligen Blicken der Ärzte ging er schnellen Schrittes zum Flügel und setzte sich mit der Sicherheit eines echten Profimusikers auf den Schemel. So jedenfalls kam es den Beobachtern vor, die darin ein ermutigendes Zeichen sahen. Doch nachdem er ein paarmal die Finger auf die Tastatur gelegt hatte (wozu jeder fähig wäre, dachte der Direktor, selbst ein dressierter Affe), zog er sich abrupt zurück; erneut schien ihn das Licht zu stören. Und es war tatsächlich störend: ein flach einfallendes, schon dämmriges Licht, vor dem ihn sofort jemand schützte, indem er die Vorhänge auf der Seite schloss, wo die Sonne hereindrang.

Nein, auch so ging es nicht. Vielleicht konnte der Patient ja doch nicht spielen und hatte das Klavier aus einer reinen Laune heraus gezeichnet, so wie man etwas auf ein Blatt Papier kritzelt, wenn man in Gedanken versunken ist und die Hand sich fast von selbst, ohne irgendeine Absicht, bewegt. Gewiss, diese unwillkürlichen Ausdrucksweisen sind häufig bedeutungsvoll und müssen mit äußerster Sorgfalt interpretiert werden, daraus jedoch zu schließen, dass der junge Mann Pianist war, war ganz offensichtlich voreilig gewesen.

Einer nach dem anderen verließen die Ärzte den Raum und kehrten an ihre Arbeit zurück, während der junge Mann willenlos auf seinem Schemel sitzen blieb und von Zeit zu Zeit – vielleicht weil er nicht wusste, was er sonst machen sollte – zwei- oder dreimal mit dem rechten Zeigefinger dieselbe Taste drückte.

Jetzt befanden sich im Wintergarten nur noch er und Nadine, die auf ihrem unbequemen Armsessel darauf wartete, ihn endlich auf sein Zimmer zurückbringen zu können. Andererseits brachte sie es nicht übers Herz, ihn zu drängen. Wenn es ihm Spaß machte, auf dem Flügel zu spielen, dann sollte er es ruhig tun, so würde dieses komplizierte sperrige Ding wenigstens zu etwas nutze sein, da sie sich schon die Mühe gemacht hatte, es abzustauben. Aufpassen sollte er allerdings schon, schließlich handelte es sich, falls er es nicht wissen sollte, um einen Steinway (das hatte der Direktor gesagt und ihr nachdrücklich eingeschärft, ja vorsichtig damit umzugehen), und er war entschieden zu teuer, um zuzulassen, dass er ihn nach Lust und Laune kaputt machte.

Um sich die Zeit zu vertreiben, vertiefte sie sich in die Lektüre einer Illustrierten, die sie vorsorglich mitgenommen hatte, eine dieser wundervollen Zeitschriften, in denen es von Berühmtheiten nur so wimmelt und Fotos von Mitgliedern der Königshäuser mit denen von Sängern und Leinwandgrößen abwechseln. Nadine las begierig, mit der unstillbaren Sehnsucht der Ausgeschlossenen nach einer Welt, die so strahlend wirkte und meilenweit entfernt war von den täglichen Sorgen; und während sie las, vergaß sie vollkommen die Klinik, den jungen Mann, ja sogar sich selbst; die wenigen unzusammenhängenden Töne, die vom Flügel kamen, erreichten sie kaum, wie vage Störgeräusche, die ihre Konzentration so gut wie nicht zu beeinträchtigen vermochten.

Als sie die Zeitschrift endlich von vorn bis hinten durchgelesen hatte, schloss sie sie mit einem Seufzer und richtete den Blick wieder auf den Patienten. »Kommen Sie«, sagte sie zu ihm, »es ist Zeit zu gehen«, und sie erwartete, dass er sich sogleich von seinem Schemel erheben würde. Doch weit gefehlt! In sich versunken blieb er sitzen und starrte auf die Tastatur, als versuche er ein Geheimnis zu ergründen. Da sie sah, dass ihre Aufforderungen nichts fruchteten, stand Nadine auf und ging zu dem jungen Mann auf dem Podest. Während sie wiederholte: »Es ist Zeit zu gehen«, schüttelte sie ihn sanft an den Schultern, aber genauso gut hätte sie versuchen können, eine Statue von ihrem Platz zu bewegen. Als sie ihn berührte, spürte sie, dass seine Muskeln steif und verspannt waren, als seien sie tatsächlich in Marmor gehauen, und all ihre Bemühungen, diesen versteinernden Zauber zu lösen, waren vergeblich.

»Gut«, sagte sie schließlich ungeduldig, »in diesem Fall muss ich die Krankenpfleger rufen.« Sie hoffte, die Beschwörung eines solchen Schreckgespenstes würde ihn dazu bewegen aufzustehen, doch nein: Er blieb sitzen, als gäbe es keine Zeit, als hätte Nadine nichts anderes zu tun, als sich seinen Launen zu beugen. So wie die Dinge liegen, dachte sie, muss ich wirklich Hilfe holen; und in der vertrauensvollen Überzeugung, dass er in diesem Zustand der Erstarrung ihre Abwesenheit nicht ausnutzen würde, um zu fliehen, verließ sie den Raum und machte sich mit großen Schritten auf den Weg zu den Sprechzimmern.

Sie hatte bereits die Hälfte des Wegs zurückgelegt, als sie etwas hörte, das sie veranlasste umzukehren. Und sie war nicht die Einzige, die es vernahm: In den Fluren in unmittelbarer Nähe und schließlich auch in den weiter entfernten wurden die Türen eine nach der anderen aufgerissen, Ärzte und Pflegepersonal erschienen auf der Schwelle und spitzten die Ohren, dann strömten sie nach und nach in die überdachte Loggia, die vom Hauptgebäude zum Wintergarten führte, und bildeten hinter Nadine eine lange entgeisterte Prozession. Auch ein paar Patienten hatten sich der Gruppe angeschlossen, sogar die Köche und Küchenjungen waren aus den fernen, in den Kellern gelegenen Küchen heraufgekommen; selbst aus den oberen Stockwerken schlurften Kranke in Morgenrock und Pantoffeln wie Schlafwandler die Eichentreppe herunter und mischten sich unter die Gestalten im Kittel, und alle strebten sie aus sämtlichen Teilen des Gebäudes jenem Raum zu, magisch angezogen von den Klängen, die daraus hervordrangen, wie die Ratten vom Lockruf des Rattenfängers.

JA, MEIN LIEBER, es ist wirklich verblüffend. Wie ich Dir bereits sagte, hatten wir nur ein Experiment machen wollen und schließlich sogar ganz darauf verzichtet, und jetzt bekamen wir ein regelrechtes Konzert zu hören, noch dazu auf allerhöchstem Niveau, soweit ich das beurteilen kann. Er spielte, wenn ich mich nicht irre, ein Stück von Mozart, welches, kann ich nicht sagen, aber er spielte es mit solcher Meisterschaft, dass alle fassungslos zuhörten. Sein Anschlag war so leicht, dass es mich nicht wundern würde, wenn ich erführe, dass unser schweigsamer Patient in Wahrheit einer jener großen Pianisten von Weltruf ist, deren Konzerte gewissenhaft aufgenommen werden, um im Radio gesendet oder in Plattengeschäften an Musikliebhaber verkauft zu werden.

Ich war in meinem Arbeitszimmer, als die ersten Töne an mein Ohr drangen, und natürlich eilte ich sofort in den Wintergarten, wo sich bereits eine Schar von Ärzten, Patienten, Krankenschwestern und Pflegern versammelt hatte. In absoluter Stille saßen sie im Raum verteilt, und ich schloss mich ihnen an, wählte allerdings einen etwas abseits in einer Ecke stehenden Sessel, von dem aus ich unauffällig Publikum und Pianist im Auge behalten konnte.

Du weißt, ich bin nie ein großer Musikliebhaber gewesen. Als Student hatte ich mit dem glühenden Forscherdrang, der für dieses Alter typisch ist, mehrmals den Fuß in einen Konzertsaal gesetzt, doch aus diesen gelegentlichen Konzertbesuchen war keine Gewohnheit geworden, und seit dem mittlerweile in weite Ferne gerückten Tag meines Hochschulabschlusses hatte ich die Musik stillschweigend unter die zahlreichen schönen und etwas nutzlosen Dinge verbannt, für die mir immer die Zeit fehlte.

Anfangs, als ich auf dem wackeligen Armstuhl Platz nahm, war mein Interesse daher auch rein wissenschaftlich; in erster Linie kam es mir darauf an, das Verhalten des Kranken zu analysieren, aufmerksam jedes Symptom, jeden Hinweis, jeden noch so schwachen verräterischen Schimmer wahrzunehmen, der möglicherweise von ihm ausgehen würde. Doch nach einiger Zeit (ich gebe es widerstrebend zu) schloss ich unwillkürlich die Augen, um besser den kristallklaren Regen der Töne aufnehmen zu können. Diese Musik hatte mich den stummen Jungen vergessen lassen, und auch die anderen Patienten, deren Reaktionen ich hatte beobachten wollen, die Anwesenheit der Kollegen und des Pflegepersonals … kurz, alles, mich selbst und meine dreißig Jahre ehrbarer Berufsausübung eingeschlossen, und als dies mir bewusst wurde, schämte ich mich dessen wie ein Dieb.

Ich bemühte mich, wieder zu mir zu kommen, und natürlich gelang mir das auch, aber glaube mir, es war, als löste ich mich aus einer Umarmung. Der Junge spielte noch immer. Kerzengerade und gesittet saß er auf seinem Schemel, in einer Haltung, die so gar nichts mit der zu tun hatte, die ich in meiner laienhaften Naivität stets den großen Virtuosen zugeschrieben hatte. Oberkörper, Hals und Kopf waren vollkommen reglos, fast starr, nur die Arme bewegten sich über die Tastatur, mal langsam, mal rasend schnell, doch immer, als hätten sie einen eigenen Willen. Bisweilen kam es mir vor, als würde nicht der Pianist das Instrument spielen, sondern umgekehrt: als würden seine Hände den weißen und schwarzen Tasten gehorchen, anstatt sie zu beherrschen.

Ich weiß nicht, ob es mir gelungen ist, Dir eine ungefähre Vorstellung zu vermitteln; jedenfalls ist das alles aus klinischer Sicht kaum von Bedeutung, und ich fürchte, dass es bei der Lösung des Rätsels nicht sehr hilfreich ist. Als ich mir dessen bewusst wurde, hörte ich auf, den Jungen zu beobachten, und richtete meine Aufmerksamkeit auf den Saal. Unter den Kollegen waren viele, die erneut ihre Notizblöcke mitgebracht hatten, doch diese ruhten jetzt vergessen auf ihren Knien, und es kam niemandem in den Sinn, sie zu benutzen; Dienstpersonal und Krankenschwestern hörten mit offenem Mund zu; und die Patienten waren wie hypnotisiert und in eine Ekstase versunken, die so tief war, dass es unmöglich schien, sie daraus wieder hervorzuholen.

Für einige war es, dem Gesichtsausdruck nach zu schließen, eine glückliche Ekstase, für andere eine qualvolle. Da gab es vor allem einen, den alten Herrn Rosenthal ... Ja, der alte Rosenthal, vielleicht erinnerst Du Dich an ihn. Er kam schon zu Deiner Zeit hierher, und ich fürchte, er wird lange hierbleiben, auch wenn ich mir nicht anmaße zu behaupten, dass sein Aufenthalt bei uns zu einer wirklichen Besserung führen wird. Das Einzige, was wir tun können, ist, sein Symptom zu lindern und ihm mit künstlichen Mitteln zum Schlaf zu verhelfen, aber was die Beseitigung der Ursachen betrifft ... Im Übrigen, wer könnte schon so vermessen sein, einen Mann »heilen« zu wollen, der eine solche Erfahrung hinter sich hat? Ich nicht, muss ich zugeben. Seit einiger Zeit schon muss ich meine Ohnmacht eingestehen. Daher beschränke ich mich darauf, Haltung zu bewahren (zumindest versuche ich es), wenn er im Laufe einer Sitzung eine dieser furchtbaren Erinnerungen an die Oberfläche steigen lässt, und jedes Mal danke ich dem Himmel, dass uns das Schweigen als korrektes berufliches Verhalten geradezu vorgeschrieben ist.

Der alte Rosenthal also saß mir fast gegenüber auf der anderen Seite des Raums, auch er etwas abseits von den anderen, auf einem kleinen Sofa an der Wand. Anfangs bemerkte ich nichts Ungewöhnliches an ihm. Gewiss, er hörte mit äußerster Andacht zu, was mich nicht weiter verwunderte, da ich wusste, wie sehr er die Musik liebte; gerade deswegen fiel mein Blick, wie ich zugeben muss, besonders häufig auf sein runzliges Gesicht; nicht aus medizinischen Gründen, sondern vielmehr in dem Versuch, darin ein Urteil zu erkennen, zu ergründen, ob die Darbietung, die mich so sehr berührte, auch für das Ohr eines Kenners so vollkommen wäre. Doch so eingehend ich ihn auch beobachtete, es gelang mir nicht, die strenge Starre zu durchdringen, die sich wie eine Maske über seine Gesichtszüge gelegt hatte.

Der ganze Saal versank allmählich im Halbdunkel, und der Pianist spielte noch immer auf dem Podest, umhüllt von den letzten Sonnenstrahlen wie von den Lichtbündeln der Scheinwerfer, die die Bühne eines Theaters beleuchten. Von dort kamen jetzt die langsamen Klänge eines Adagios, so zärtlich, so versunken in eine ferne Sanftheit, dass sich plötzlich mein Herz zusammenkrampfte. Gerade in diesem Moment wandte ich mich erneut Rosenthal zu, und ich sah Tränen über seine strenge Maske laufen. Es dauerte nur einen Moment; der Alte senkte fast sofort das Gesicht, als wollte er sich meinem Blick entziehen, den er vielleicht bemerkt hatte; und auch ich beeilte mich, die Augen abzuwenden, von einer Verlegenheit überrascht, die mit einer korrekten Ausübung meines Berufs gänzlich unvereinbar war.

ICH WEISS, DOKTOR, Sie können das nicht verstehen; bis jetzt habe ich Ihnen kaum etwas erzählt, und ihr Ärzte habt zweifellos einen schönen wissenschaftlichen Namen für meine Zurückhaltung. Was mich betrifft, so würde ich sie als jenen Instinkt definieren, der ein Tier dazu treibt, sich an den Boden zu pressen, um nicht zerquetscht zu werden. Zu tun, als wäre es ein Stein, verstehen Sie? Ja, zu Stein zu *werden*, denn wenn es in mir noch etwas Weiches, Nachgiebiges gäbe, wäre dieses Etwas einem unerträglichen Leiden ausgesetzt. Doch um die Wahrheit zu sagen, der Grund, der mich veranlasst hat, Ihnen gerade diese Erinnerung zu verschweigen, ist ein ganz anderer, nämlich die Tatsache, dass ich immer gefürchtet habe, sie zu entweihen, wenn ich sie auf eine Episode meiner Krankengeschichte reduziere. Jetzt jedoch, nach diesen Tränen, glaube ich, dass ich Ihnen eine Erklärung schulde.

Ich weiß nicht, ob ich Ihnen gegenüber je erwähnt habe, dass es unter meinen Lagerkameraden einen Jungen gab, der noch jünger war als ich, der Jüngste in der Baracke. Er hieß Isaak, ein Name, der für uns eine ganz besondere Bedeutung hat, weil Isaak der Sohn der Verheißung ist, derjenige, der Sara und Abraham geschenkt wurde, als beide jede Hoffnung verloren hatten und die Lebenskraft aus ihnen gewichen zu sein schien. Isaak also, mein Barackenkamerad, hatte ungefähr das Alter dieses Jungen, und er spielte wie er Klavier. Wir wussten es alle, doch wir interessierten uns nicht dafür.

Wer hätte dort an Musik denken können? Wir sicher nicht, die wir nicht mehr zu verstehen vermochten, wie so etwas überhaupt existieren konnte.

Sie dagegen, jene Herren, hatten jede Muße, daran zu denken und geistige Interessen zu pflegen, wie man so schön sagt, und als sie erfuhren, dass Isaak Pianist war, beschlossen sie, seine Fähigkeiten zu nutzen. Eines Abends organisierten sie ein regelrechtes Konzert in der Unterkunft des Kommandanten, in der natürlich ein Klavier stand. Vor der festgesetzten Stunde wurde der Junge gründlich gesäubert und entlaust, und es wurde ihm sogar etwas zu essen gegeben, ein kleines Extra, damit er nicht über den Tasten zusammenbräche. Anschließend wurde er weggebracht, während wir uns für die Nacht auf unseren Pritschen ausstreckten.

Vielleicht habe ich noch nicht erwähnt, dass Sommer war. Ja, es war Sommer, ein brütend heißer Juli, und die Schwüle lastete von morgens bis abends wie Blei auf uns. Wenn wir in der Baracke waren, rissen wir die winzige Fensterluke auf, und manchmal schleppte sich einer von uns dorthin, um das Gesicht dem Gitter zu nähern und ein wenig Kühle zu atmen. Auch in der Unterkunft des Kommandanten standen die Fenster weit offen, und daher konnten wir deutlich hören, als Isaak zu spielen anfing. Es war nicht mal nötig, die Ohren zu spitzen, vielleicht hätten wir auch gar nicht die Kraft oder den Wunsch dazu gehabt. Stattdessen drang die Musik zu uns, erreichte uns, ob wir wollten oder nicht, in der tödlichen Apathie, in die wir versunken waren.

Eine Sonate von Mozart. KV 310, um genau zu sein. Ich weiß nicht, Doktor, ob Sie sie kennen; ich hatte sie einige Male in meinem früheren Leben gehört, aber nie hatte sie eine solche Wirkung auf mich ausgeübt. Wie gestern im Wintergarten, während des Adagios, füllten sich meine Augen mit

Tränen, jenen Tränen, die ich schon für eingetrocknet gehalten hatte, und als ich mich umblickte, sah ich, dass auch meine Kameraden weinten. Alle, vom Ersten bis zum Letzten, ließen hemmungslos ihren Tränen freien Lauf, und keinem von uns kam in den Sinn, sich mit dem Ärmel über das Gesicht zu wischen, weil wir dort die Scham verlernt hatten.

Wessen hätten wir uns auch schämen sollen? Nein, Doktor, im Gegenteil, bis heute habe ich diese Tränen stets als Talisman angesehen, und ich werde der Musik immer dankbar sein, die damals von Isaak, dem Sohn der Verheißung, gespielt wurde, gespielt in der tiefsten Hölle von einem Jungen, der vielleicht nie mehr unter die Lebenden zurückkehren würde. Dank dieser Musik war es uns möglich, für einen Augenblick nicht das zu sein, was sie wollten, das, was sie aus uns gemacht hatten. Und glauben Sie mir, als ich später entdeckte, dass einer meiner Kameraden, einst ein angesehener Schillerexperte, die allgemeine Ergriffenheit genutzt hatte, um mir einen Brotkanten aus seinem Versteck unter meinem Strohsack zu stehlen, war das für mich völlig ohne Bedeutung. Er hätte mein Herz gegessen, wenn er gekonnt hätte, jeder von uns hätte das Herz des anderen verschlungen, um einen weiteren Tag zu überleben. Und inmitten all dessen, verstehen Sie, Mozart: sein Wohlklang, seine träumerische Anmut …

Doch nicht nur Mozart, das war nur der Anfang. Wie es schien, hatten jene Herren es nicht eilig, schlafen zu gehen, und Isaak hatte es ebenfalls nicht eilig, in die drückende Hitze der Baracke zurückzukehren. Er spielte Schumann, Beethoven, Chopin, er spielte, als ginge es um sein Leben (und so war es ja auch), aber zugleich mit vollendetem Können, mit großer Meisterschaft und sogar mit Distanz. Und jedes Mal applaudierten jene Herren, lange, begeistert, die tosenden

Beifallsstürme drangen bis zu uns. Sie applaudierten, verstehen Sie? Als befänden sie sich tatsächlich in einem Konzertsaal. Sie klatschten in die Hände, voller Verehrung für denselben Isaak, dem sie am nächsten Tag möglicherweise mit dem Knüppel den Schädel einschlagen würden, ohne weiter darüber nachzudenken. Deswegen habe ich, nebenbei bemerkt, nie mehr ein Theater oder ein Auditorium betreten, denn das Geräusch des Beifalls wäre mir unerträglich.

Das letzte Stück wurde jedoch nicht mit Applaus aufgenommen, sondern mit Stille. Es war ein Lied von Schubert, das letzte der *Winterreise*, bei dem das Klavier auch den Vokalpart ausführte. Erinnern Sie sich, Doktor? Der alte Leiermann, barfuß und schwankend, dreht im eisigsten Winter mit starren Fingern seine Leier, dreht und dreht, und seine Leier steht nimmer still ... »*Wunderlicher Alter, soll ich mit dir geh'n? Willst zu meinen Liedern deine Leier dreh'n?*« Nein, ich sehe, Sie kennen es nicht, und das ist schade. Sie haben (entschuldigen Sie) keine große musikalische Bildung, und ich kann nicht singen, also wie soll ich Ihnen verständlich machen, worum es geht? Die leeren Quinten, die zwanghaft wiederholt werden, die nackten Töne, die tatsächlich von einer Eisscholle abzuprallen scheinen ... Wenn die Toten eine Stimme hätten, Doktor, wäre es genau diese. Und die Abwesenheit der Worte machte das Lied noch beklemmender, indem sie es in einen stummen Gesang verwandelte und die Bedeutungen, die doch immer eine Stütze sind, an die man sich klammern kann, durch einen opaken Strudel ersetzte, der mich umfing und Ton für Ton verschluckte. Es war, als ginge man im Kreis um einen Abgrund herum. Natürlich habe ich das nie getan, aber ich glaube, die Empfindung ist dieselbe. Auch meine Kameraden müssen das so empfunden haben und vielleicht auch jene Herren, und als ich keinen Applaus hörte, hatte ich große Angst um Isaak oder hätte zumindest große Angst um ihn haben müssen, wenn ich damals zu einem solchen Gefühl fähig gewesen wäre. Denn diese Musik, verstehen Sie, hatte nichts mit den »geistigen Interessen« zu tun, die sie in ihrer Freizeit so gern pflegten; sie war sozusagen von einer unerträglichen Nacktheit, vor allem wenn sie auf diese Art und unter diesen Umständen gespielt wurde.

Ich weiß nicht, inwieweit meine Sorge begründet war; Tatsache ist, dass Isaak in jener Nacht nicht in die Baracke zurückkehrte, und auch am nächsten Tag konnte ich ihn bei der Arbeit nicht unter den erschöpften Schatten entdecken, die sich um mich herum bewegten. Das Merkwürdige ist jedoch, Doktor, dass ich mich nicht erinnern kann, ob er anschließend wieder auftauchte oder nicht, als sei sein Leben für mich damit beendet gewesen, in der Stille, die sich nach dem letzten Akkord plötzlich auf das Lager gesenkt hatte.

Er sprach nicht; er spielte meisterhaft Klavier; ihn »der stumme Pianist« zu nennen war daher nur ein kleiner Schritt und wurde von allen Zeitungen, die von der Sache Kenntnis erhielten, mit erstaunlicher Gleichzeitigkeit vollzogen. Die Geschichte war so heiß und einzigartig, dass ihr schließlich sogar die nationale Presse eine gewisse Aufmerksamkeit schenkte, doch musste sie sich darauf beschränken, Berichte aus zweiter oder dritter Hand zu veröffentlichen, da die Direktion der Klinik, die verpflichtet war, die Privatsphäre dieses nicht sehr mitteilsamen Patienten zu schützen, den Journalisten und Fotografen auch weiterhin verbot, durch das hohe eiserne Gittertor zu treten, welches das Gebäude vom Rest der Welt trennte.

Zum Ausgleich setzte sie sich über die Polizeibehörden diskret mit Orchestern, Theatern und anderen musikalischen Institutionen der nächstgelegenen Städte in Verbindung, um herauszufinden, ob dort irgendwo ein Pianist verschwunden sei, und als die ersten diesbezüglichen Nachforschungen zu negativen Ergebnissen geführt hatten, wurden die Recherchen nach und nach auf das ganze Land ausgeweitet und dann auf den gesamten Kontinent, immer in der Hoffnung, aus irgendeiner fernen Hochburg der Musik würde endlich die ersehnte Identifizierung kommen.

In der Zwischenzeit blieb nichts anderes übrig, als zu warten und dem Patienten die routinemäßige Behandlung zukommen zu lassen. Der Direktor besuchte ihn persönlich zweimal am Tag, wobei er sich allerdings darauf beschränkte, seine körperliche Verfassung zu überprüfen, die jedoch keinerlei Anlass zu besonderer Sorge bot. Jede weitere Annäherung wurde durch sein hartnäckiges Schweigen verhindert, ein Schweigen nicht nur des Mundes, sondern des ganzen Körpers, von dem niemals irgendeine bedeutungsvolle Äußerung oder Geste ausging, ja nicht einmal eine dieser spontanen Bewegungen, die etwas Licht auf die inneren Vorgänge werfen können. Er saß einfach da, träge, wie abwesend, blickte die Wand mit einer Art ausdrucksloser Starre an und erwiderte nur sehr flüchtig den Blick des Arztes, bis dieser beschloss, die frustrierende Scheinsitzung zu beenden und den jungen Mann in sein Zimmer zurückbringen zu lassen. Sehr bald schon verzichtete er ganz darauf, ihn den Krankenpflegern zu übergeben; der Patient war so friedlich, dass man ihn innerhalb der Klinik frei umhergehen lassen konnte, eine Freiheit, von der er allerdings so gut wie keinen Gebrauch machte. Man sah ihn nie im Speisesaal, im Fernsehzimmer oder an den anderen Orten, an denen sich die weniger schweren Fälle gern versammelten, um ein kümmerliches soziales Leben zu führen, wenngleich er seinen Mitpatienten nicht absichtlich aus dem Weg zu gehen schien. Er schien weniger die Einsamkeit zu suchen, als vielmehr so fest in ihr eingeschlossen zu sein, dass er sich eine andere Lebensform gar nicht vorstellen konnte.

Daher verbrachte er, wenn er nicht gerade Visiten oder Untersuchungen über sich ergehen lassen musste, den Tag in seinem Zimmer und ertrug die häufigen Überfälle der Krankenschwester Nadine, ohne Interesse zu zeigen oder sich gestört zu fühlen. Er las nicht, er schlief nicht, er machte nichts; er beschränkte sich darauf, vor sich hin zu starren, wie im Sprechzimmer des Direktors, mit dieser eigenartigen Apathie, die das gesamte medizinische Personal der Klinik zur Verzweiflung brachte.

Doch jeden Tag, wenn die Schatten länger wurden und sich die frühe herbstliche Dämmerung auf diesen Teil der Welt senkte, verließ der Patient sein Zimmer, kam die Treppe herunter und begab sich zum Wintergarten, wo der große schwarze Korpus des Flügels ihn mit sanftem Schimmer empfing. Fast immer saß schon jemand auf den Korbsesseln und wartete darauf, dass er spielen würde, doch er kümmerte sich nicht darum; er durchquerte den Raum, ohne sich umzublicken, die Augen auf den Flügel gerichtet, und auch beim Spielen hob er niemals den Blick von den Tasten, als reduziere sich der ganze Raum auf diesen glänzenden Elfenbeinstreifen.

Doch während er auf nichts achtete, wurde er ständig mit wachsamer Aufmerksamkeit beobachtet. Unter all denen, die auf den Korbsesseln saßen und ihre Anwesenheit im Halbdunkel verbargen, befand sich stets mindestens ein Arzt, der nicht in erster Linie gekommen war, um Schumann oder Beethoven zu hören, sondern um jede Geste des Patienten zu notieren, und auch die gewissenhafte Nadine fehlte nie, da sie diesen besonderen Patienten für so zerbrechlich und wehrlos hielt, dass sie ihn unmöglich sich selbst überlassen konnte, nicht einmal an einem so sicheren Ort. Als gäbe es tatsächlich sichere Orte … Ihre Erfahrung hatte sie stets das Gegenteil gelehrt und eine Art ängstlichen Wirklichkeitssinn in ihr reifen lassen, den nicht einmal der relativ geschützte Bereich der Klinik außer Kraft zu setzen vermochte.

Bereits mitten am Nachmittag, sobald sie einen freien Augenblick hatte, begab sie sich daher in den Wintergarten, um die Heizstrahler einzuschalten; zu dieser Jahreszeit hätte sie um nichts in der Welt zugelassen, dass sich ihr Patient abends längere Zeit in einem ungeheizten Raum aufhielt. Und noch weniger hätte sie zugelassen, dass er sich die Augen verdarb, indem er im Dunkeln spielte, weswegen sie eine Lampe besorgt hatte, die sie auf den Flügel stellen konnte, eine schöne Nachttischlampe, die sie aus einem leeren Zimmer geholt hatte, und während er auf dem Schemel Platz nahm, betrat sie auf Zehenspitzen das Podium und schaltete sie ein. Sie führte es auf die Leichtigkeit ihres Schrittes zurück, dass der Patient, wie es schien, ihr Manöver nie bemerkt hatte, und sie beglückwünschte sich dazu, aber unwillkürlich empfand sie doch eine leichte Enttäuschung, wenn sie vergeblich nach einer Spur von Dankbarkeit auf seinem Gesicht suchte, bevor sie sich entfernte.

Wie auch immer, mit kleinen Aktionen wie diesen gelang es ihr, den Raum behaglich zu machen, den die langen Perioden, in denen er nicht benutzt worden war, in einen kalten und ungemütlichen Ort verwandelt hatten, geschätzt nur von den Spinnen, denen zugestanden wurde, in aller Ruhe ihre Netze unter der Kuppel oder zwischen den eisernen Rippen der Glasscheiben zu weben. Die Ärzte, die Krankenschwestern und Krankenpfleger, die älteren Kollegen, die sie immer von oben herab behandelt hatten, konnten jetzt nicht umhin, das Ergebnis ihrer Initiative zu bewundern, und der Direktor hatte ihr persönlich dazu gratuliert, dass sie den Wintergarten wieder zum Leben erweckt hatte.

Dennoch blieb er für Nadine ein Ort, der alles andere als gemütlich war: kein Wohnzimmer, sondern die Höhle des riesigen Tiers, das dort auf dem Podium darauf wartete, erneut seine beunruhigende Macht auszuüben. Die Klänge schlummerten alle in diesem glänzenden schwarzen Kasten, bis der Anschlag des Pianisten sie weckte, welcher unter der Kuppel ein ohrenbetäubendes Klanggewitter entfesselte. Sie konnte nicht gerade behaupten, dass ihr diese Musik gefiel; etwas Eingängigeres, Menschlicheres, das als Hintergrund für Gespräche dienen könnte, wäre ihr lieber gewesen, etwas wie die Hits, welche die alte Jukebox des Red Lion spielte, um die Gäste zu unterhalten. Diese Musik jedoch hatte nichts Menschliches, sie vergewaltigte den Geist und vertrieb jeden anderen Gedanken daraus, und wenn sie erst einmal Besitz von einem ergriffen hatte, konnte man nicht mehr mit den Kollegen plaudern, in aller Ruhe in seiner Zeitschrift blättern oder das zerstreuende Labyrinth eines Kreuzworträtsels durchstreifen; was immer man auch gerade machte, man musste es unterbrechen und sich durchrütteln lassen wie auf einer Achterbahn oder allmählich in eine Mattigkeit versinken, aus der wieder aufzutauchen unmöglich erschien. Daher verspürte Nadine jedes Mal, wenn sie das Geräusch des Deckels hörte, der von den ungeduldigen Händen des Pianisten geöffnet wurde, diesen Impuls zu fliehen, der sie an jenem Morgen am Strand veranlasst hatte, zum Pfad zurückzulaufen; doch stattdessen blieb sie reglos auf dem Korbsessel sitzen, und wenn der Patient zu spielen anfing, begleitete sie unwillkürlich den Rhythmus, indem sie leise mit ihren lackierten Fingernägeln auf die Armlehne trommelte.

ICH FÜRCHTE, ICH habe Dir nur wenig zu erzählen über den Fall des stummen Pianisten; seit die Öffentlichkeit sich für ihn interessiert, schmückt die Presse ihn uns mit einer solchen Fülle von Details aus, dass sogar ich mich dabei ertappe, wie ich begierig die Berichte lese, auf der Suche nach irgendeiner Erleuchtung. Wie Du bemerkt haben wirst, prangt heute das Foto unseres Helden auf allen Titelblättern. Ich habe lange gezögert, bis ich der Veröffentlichung zugestimmt habe, obwohl ich von allen Seiten immer wieder darum gebeten worden bin; am Ende habe ich mich jedoch, da alle anderen Wege zu nichts geführt haben, dazu entschlossen, auch diesen zu versuchen, in der Hoffnung, dass irgendjemand den Jungen erkennt. Kurzum, wir vertrauen auf das Glück, eine etwas grobe Methode, um die Lösung eines Rätsels zu finden, Hercule Poirot hätte einiges dazu zu bemerken, und ich nehme an, auch Du wirst über eine so beschämende Kapitulation der grauen Zellen nicht allzu begeistert sein, doch es würde sogar diesen berühmten Detektiv herausfordern, einen solchen Fall auf rein deduktivem Wege zu lösen. Nein, mein Lieber, hier heiligt tatsächlich der Zweck die Mittel, jede Methode ist gut, vorausgesetzt, sie ist effektiv, und die Privatsphäre des Patienten darf ohne allzu große Gewissensbisse auf dem Altar dieser übergeordneten Notwendigkeit geopfert werden.

Es bleibt also nichts anderes übrig, als zu warten und der Vorsehung zu vertrauen. In der Zwischenzeit beschenkt uns der stumme Pianist weiterhin mit seinen Konzerten, die Abend für Abend von einem kleinen Publikum von Liebhabern besucht werden. Wohlgemerkt: ein kleines Publikum, nicht zu vergleichen mit der Menge von Ärzten, Krankenschwestern und entgeisterten Patienten in Pantoffeln, die beim ersten Mal in den Wintergarten strömte. Jetzt, da die Darbietungen des Jungen keine Neuheit mehr sind, scheint das Personal der Klinik, mit Ausnahme des Unterzeichneten und der Krankenschwester Nadine, überzeugt zu sein, dass es seine Zeit besser verbringen kann, und die anderen Kranken begnügen sich größtenteils damit, dem Echo der Musik zerstreut Gehör zu schenken, wenn es in den Aufenthaltsräumen während einer Partie Bridge zu ihnen dringt, oder kurz auf der Schwelle stehen zu bleiben, wenn sie zufällig in der Nähe sind.

Ja, mein Freund, viele sind berufen, aber wenige sind auserwählt. Diesem kleinen Grüppchen von Bewohnern des Paradieses (Aber ist es wirklich ein Paradies? Manchmal zweifle ich daran) gehören sehr verschiedenartige Personen an, von denen die Gräfin X ganz besonders pittoresk ist. Ich werde sie so nennen, wenn Du erlaubst, zum einen, um Dein Interesse mit einem der bewährtesten literarischen Tricks zu steigern, und zum andern, um wenigstens in diesem Fall die Privatsphäre unbedingt zu respektieren. Du hast sie nicht mehr kennengelernt, doch als junge Frau scheint sie eine Schönheit gewesen zu sein, über die viel geredet wurde, und ihr Doppelname, in dem der Buchstabe X natürlich nicht enthalten ist, vereint in einem seltsamen Bund eine berühmte italienische Familie, von der ich geglaubt hatte, sie sei seit Jahrhunderten erloschen, mit einem unaussprechlichen polnischen Adelsgeschlecht. Wie wahrscheinlich das alles ist, habe ich mich stets vergeblich gefragt.

Wie auch immer, diese verarmte Adlige hat vor einigen Jahren auf einen Schlag Mann und Vermögen verloren und sich seitdem in eine mit Halluzinationen und spiritistischen Manien gewürzte Neurose geflüchtet. Verstehst Du, was ich meine? Ein ebenso nebulöser wie unerschütterlicher Glaube, der orientalische Philosophien, astrologische Theorien, Parapsychologie und natürlich ständige Verbindungen mit dem Jenseits, insbesondere mit dem verstorbenen Grafen X, dessen Stimme unaufhörlich in ihr Ohr flüstert und sie über die verblüffendsten Geheimnisse des Jenseits informiert, kunterbunt durcheinandergewürfelt. Und diese Gräfin erscheint jeden Abend pünktlich im Wintergarten, herausgeputzt wie für eine Premiere in der Scala oder in Covent Garden und mit ihrem gesamten Schmuck behängt (der vermutlich falsch ist; den echten muss sie schon vor geraumer Zeit verkauft haben, um über die Runden zu kommen); derart aufgetakelt nimmt sie auf einem Armsessel in unmittelbarer Nähe des Flügels Platz, wo sie mit geschlossenen Augen zuhört und den Kopf rhythmisch hin und her bewegt. Sie wirkt dann tatsächlich wie ein Schamane in Trance, kurz davor, ihre ekstatische Reise in die Welt der Geister anzutreten, und ich bin darauf gefasst, sie jeden Augenblick über unseren Köpfen schweben zu sehen, bis sie in einem langsamen schwankenden Flug die Spitze der Kuppel erreicht hat.

Im Vergleich zu ihr macht der alte Rosenthal nicht viel her; er beschränkt sich darauf, nahezu verstohlen hereinzukommen, in schlichter Sportkleidung, und sich unauffällig auf sein kleines abseits stehendes Sofa zu setzen, von dem er sich nicht fortbewegt. Seit dem ersten Mal hat er nicht mehr geweint (ich weiß es bestimmt, da ich ihn selbstverständlich immer im Blick habe), doch ich bin nicht überzeugt, dass diese Konzerte ihm guttun. Jedenfalls versäumt er keines, und sie ihm zu verbieten wäre wirklich grausam; daher lasse ich ihn, zumindest vorübergehend, daran teilnehmen. Auch während der Sitzungen spricht er jetzt häufig über Musik und über unseren Pianisten, den er immer nur »Sohn der Verheißung« nennt, eine Assoziation, die mich beunruhigt, wie Du wohl verstehen wirst, die sich aber andererseits als nützlich erweisen könnte, um das versteinerte Gefüge seiner Erinnerungen aufzubrechen.

Da ich gerade von Rosenthal spreche, gestern hat sich im Wintergarten eine eigenartige Szene abgespielt, über die Du mit Sicherheit nichts in den Zeitungen finden wirst. Ich glaube, ich habe Dir bereits geschrieben, dass unser Pianist niemals zu erkennen gegeben hat, ob ihm die Anwesenheit eines Publikums angenehm ist oder ob er sich dadurch gestört fühlt. Er nimmt es ganz einfach nicht wahr, zumindest ist mir das bis jetzt so vorgekommen. Doch gestern blieb er, nachdem er auf die übliche Weise den Raum wie ein Schlafwandler, ohne nach rechts oder links zu blicken, durchquert hatte, reglos auf seinem Schemel vor dem Flügel sitzen, die Hände im Schoß, als würde er auf etwas warten. Die Witwe X, die für alle Fälle bereits die Augen geschlossen hatte, war gezwungen, sie wieder zu öffnen, um, völlig vergeblich, missbilligende Blicke auf das Podium zu richten; und ich konnte mir den Grund für dieses Zögern nicht erklären, das jetzt schon ein paar Minuten andauerte und unter den Anwesenden eine zunehmende Nervosität auslöste. Bis ich, als ich mich zur Tür umdrehte, den alten Rosenthal sah, der gerade in diesem Augenblick hereinkam, atemlos, verlegen wegen der Verspätung, und sich in großer Eile auf sein Sofa an der Wand setzte. Jetzt, erst jetzt, fing der Pianist zu spielen an. Er hatte sich nicht einmal dem Saal zugewandt, also frag mich nicht, wie er das Eintreffen des alten Mannes oder dessen vorherige Abwesenheit hatte bemerken können. Doch Du kannst mir glauben, es war wirklich so, als hätte der Junge auf diesen Zuhörer gewartet, um sein Konzert zu beginnen.

Ich habe ihn sofort erkannt, als ich das Foto gesehen habe. Insbesondere die Augen sind absolut unverwechselbar. Leider ist mir sein Name entfallen, vorausgesetzt, dass ich ihn je gewusst habe; schließlich kann ich mir nicht die Personalien aller begabten Jungen merken, die durch meine Hände gehen. Doch diese Augen haben sich mir eingeprägt, ebenso wie sein so eigenartiges Verhalten.

Es war ein Herbstabend, es muss ungefähr zu dieser Jahreszeit gewesen sein. Ein klarer Abend, ich erinnere mich sehr gut, doch es war dermaßen windig, dass ich, um die Freyung zu überqueren, die komplette Runde machen und Schutz an den Mauern der Palais suchen musste. Schließlich gelang es mir mit Gottes Hilfe, in die überdachte Passage einzubiegen, die zur Herrengasse führt, und so im Schutz dieser prächtigen Gewölbe gesund und wohlbehalten das Café Central zu erreichen, in dem ich mit einem Klienten, einem berühmten Sänger, verabredet war, um die letzten Details eines Vertrags zu besprechen. (Notieren Sie: Café Central, Herrengasse, die Nummer ist leicht im Telefonbuch zu finden.) Als ich eintrat, sah ich mich um und ließ meinen Blick über die dicht gedrängten Marmortischchen zwischen den Säulen wandern, doch mein Sänger war noch nicht da. Daraufhin bat ich den Oberkellner, mir einen ruhigen Platz zu geben, weit weg vom Klavier, denn wenn man über Geschäfte sprechen muss, stört nichts so sehr wie Musik, besonders wenn sie von einem dieser schlechten Klavierspieler heruntergeklimpert wird, welche die Kaffeehäuser heimsuchen. Ich wurde zu einem Tischchen geführt, das hinreichend abgeschieden hinten im Raum stand; ich billigte die Wahl, setzte mich, bestellte den ersten Aperitif und wartete. Erst nach einigen Minuten begann ich, da ich nichts Besseres zu tun hatte, auf die Musik zu achten, und zu meiner Verwunderung entdeckte ich, dass es sich nicht um einen der ewigen Walzer handelte, die zur Freude der Touristen und der nostalgischen Wiener gespielt werden, sondern (und das war wirklich unglaublich) um eines der schwierigsten Stücke von Liszt, denen sich nur sehr wenige Pianisten, die ich fast alle kenne, mit einigermaßen Aussicht auf Erfolg gewachsen zeigen. Angesichts der Qualität des Spiels dachte ich, dass sich statt des unvermeidlichen Kaffeehauspianisten ein berühmter Virtuose an den Flügel gesetzt hatte, der zwischen zwei Gläsern seine Finger ein bisschen lockern oder sich möglicherweise vor einer schönen Dame aufplustern wollte, und natürlich lagen mir bereits ein paar Namen auf der Zunge. Doch sosehr ich mich auch bemühte, von meinem Platz aus konnte ich nicht sehen, wer da spielte; ein dichter Wald von Säulen verbarg ihn mir, ganz zu schweigen von dem schummrigen Licht, das die von der Decke hängenden Lampen verbreiteten, welche tausend schillernde Reflexe auf den Marmor warfen.

Ich bemerkte, dass im ganzen Raum tiefe Stille eingetreten war. Die Kellner, schon von Haus aus Meister im geräuschlosen Dahingleiten zwischen den Tischen, schienen jetzt geradezu auf Zehenspitzen zu gehen, das Gemurmel der Gespräche war verstummt, und von denen, die ins Lesen vertieft gewesen waren, wagte niemand mehr, die Seite des Buches oder der Zeitung umzublättern. Ich dagegen bin an meisterhaftes Spiel gewöhnt, lebe sozusagen auf Du und Du damit und lasse mich gewiss nicht davon einschüchtern wie ein ganz gewöhnlicher Spießbürger; daher stand ich, nachdem ich noch eine Weile zugehört und einen Blick auf die Uhr geworfen hatte, um festzustellen, wie groß die Verspätung meines unzuverlässigen Klienten war, auf und ging ganz ungezwungen zum Flügel.

Als ich hinter ihm stand, spielte der Pianist noch, und ich sah nur eine beneidenswert dichte Haarmähne und zwei kräftige Hände, die mit geschwinder Sicherheit über die Tasten eilten. Ich wartete (ich wusste, dass nur noch wenige Takte bis zum Ende des Stückes fehlten), bis der letzte Akkord verklang, dem ein Augenblick der Stille folgte, bevor der ungläubige, begeisterte Applaus der anderen Gäste losbrach. Jetzt nahm der Junge die Hände von den Tasten und drehte sich langsam zu mir um; er war tatsächlich noch ein Junge, vielleicht nicht einmal volljährig, und als ich sein Gesicht sehen konnte, stellte ich fest, dass ich ihm noch nie zuvor begegnet war.

Ich blickte erneut auf die Uhr. Jetzt war klar, dass mein Sänger durch irgendetwas aufgehalten worden war, und daher wollte ich unbedingt die Gelegenheit beim Schopf packen und den jungen Pianisten kennenlernen. Er interessierte mich, er interessierte mich sogar sehr; vor allem, das brauche ich nicht zu betonen, aus beruflichen Gründen, und dass er außerdem gut aussah, war gewiss kein Nachteil.

Ich stellte mich vor, darauf zählend, dass mein Name ihm nicht unbekannt sei, lud ihn an mein Tischchen ein, bestellte zwei Bloody Mary, machte ihm ein maßvolles Kompliment über sein Spiel (jungen Künstlern gegenüber darf man das Lob niemals übertreiben, denn sonst steigt es ihnen zu Kopf und sie werden unausstehlich) und erklärte ihm, was für eine glänzende Karriere vor ihm läge, wenn er sich mir anvertrauen würde, mir, der ich die Welt der Musik wie meine Westentasche kennen würde und es mir zur heiligsten Aufgabe gemacht hätte, den jungen Talenten zu helfen, sich ins rechte Licht zu setzen. Er hörte sich das alles mit größter Aufmerksamkeit an, während er langsam seine Bloody Mary trank. Ich kann versichern, dass er nicht stumm war, im Gegenteil, er drückte sich ganz flüssig in meiner Sprache aus, obwohl er Ausländer war (Pole, wenn ich mich nicht täusche, oder vielleicht Rumäne), vor allem jedoch beschränkte er sich, wie ich bereits erwähnte, aufs Zuhören, mit einer bescheidenen Zurückhaltung, die durchaus für ihn einnahm.

Natürlich lud ich ihn schließlich zum Abendessen in ein bekanntes Restaurant am Stephansplatz ein, das nicht nur eine recht gute Küche, einen unaufdringlichen Service und einen schönen Blick auf das bunte Dach des Doms bietet, sondern auch den nicht zu unterschätzenden Vorteil hat, nur ein paar Schritte von meiner Wohnung entfernt zu sein. Als wir auf dem Graben waren, überfiel uns der Wind mit solcher Heftigkeit, dass es für mich mehr als selbstverständlich war, mich an den Jungen zu drücken und mich bei ihm unterzuhaken, um ihn zu schützen oder Schutz bei ihm zu suchen, und er schien diese Nähe gern zu akzeptieren, auch wenn er, während ich zu ihm sprach, die ganze Zeit stur geradeaus schaute, fast ostentativ, als könnte er den Blick nicht von der Pestsäule wenden, die mit der barocken Fülle ihrer Allegorien überraschte.

Im Restaurant verlangte und bekam ich erneut ein abseits gelegenes Tischchen, für das ich nach kurzem Nachdenken auf den Blick auf den Dom verzichten musste, den mein Gast auf dem Weg dorthin bereits mehr als genug hatte genießen können. Wir waren hergekommen, um uns zu unterhalten, um uns kennenzulernen, nicht um die Aussicht zu bewundern. Das sagte ich ihm, und er erhob keinerlei Einwände gegen diese überaus vernünftige Argumentation.

Sie können sich vorstellen, dass es für einen Mann in meiner Position mehr oder weniger alltäglich ist, mit großen Musikern am Tisch zu sitzen. Normalerweise macht das keinen großen Eindruck auf mich, doch diesmal empfand ich, nachdem ich ihn mit der unbeteiligten Perfektion eines Engels hatte spielen hören, eine Art Erleichterung, als ich entdeckte, dass dieser Junge einen Körper hatte. Dass er beispielsweise, wenn er Brot aß, auf der Kruste die Abdrücke seiner Zähne hinterließ. Zähne wie Perlen, nebenbei gesagt, Zähne, wie man sie nicht häufig bei unseren bäuerlichen Enkeln und Urenkeln findet, die einen unverkennbaren Geruch von Knoblauch und Kartoffeln sogar in die heiligen Hallen der Konzertsäle tragen. Man muss gesehen haben, wie er den Teller mit der Vorspeise leerte, als habe er seit Tagen nichts gegessen, ja, als habe er in seinem ganzen Leben noch nie gegessen. Und was für ein Vergnügen, ihn den Salat mit der Gefräßigkeit eines Kaninchens verschlingen zu sehen oder zu beobachten, wie er mit Kennermiene die Dessertkarte studierte ...

Um es kurz zu machen: Wir verließen das Restaurant verbrüdert, was sogar mit den brillantesten und attraktivsten meiner Schützlinge nur selten vorkommt. Natürlich lud ich ihn noch zu mir nach Hause ein (es gab noch viele wichtige Fragen, über die wir sprechen mussten), und wir gingen gemeinsam zur Schönlaterngasse, vorbei an den braunen Steinmustern des Doms.

Während ich den Schlüssel im Schloss drehte, dankte ich dem Sänger, der nicht zur Verabredung gekommen war, innerlich aus tiefstem Herzen. Mag sein, dass ich etwas zu viel getrunken hatte, das gebe ich zu, normalerweise lasse ich mich nicht zu solcher Schwärmerei hinreißen und bin vorsichtiger im Umgang mit unbekannten jungen Männern. Aufgrund dessen, was ich von ihm wusste, konnte ich nicht ausschließen, dass der Junge ein Verbrecher war, der nur darauf wartete, mich anzugreifen, sobald er in der Wohnung wäre, mit dem Silberzeug das Weite zu suchen und mich in einer Blutlache liegen zu lassen. Solche Dinge geschehen, sie geschehen sogar viel zu oft; die Welt ist dermaßen schlecht, dass man wirklich nicht vorsichtig genug sein kann.

Doch zum Glück ging alles gut. Der Junge setzte sich friedlich in eine Ecke des Sofas, und ich nahm neben ihm Platz, nachdem ich uns einen Schluck Whisky eingeschenkt hatte. Ich hatte ihm so vieles zu sagen, so viele Pläne, und ich verspürte auch das Bedürfnis – warum, weiß ich nicht –, ihm mein Herz zu öffnen, ein so unbändiges Bedürfnis, dass wir, als die Glocke des Doms zwei

Uhr schlug, immer noch auf dem Sofa saßen. Ich sprach, und er hörte mir zu. Ich fürchte, ich offenbarte ihm alles, wirklich alles, ohne mich darauf zu beschränken, meine glänzenden Pfauenfedern zu spreizen und meine beruflichen Erfolge und Freundschaften mit berühmten Musikern, die Eroberungen und raffinierten Laster eines Mannes von Welt vor ihm auszubreiten; mit einer Art wohlgefälligem Masochismus vertraute ich ihm vielmehr auch die großen, geheimen Niederlagen meines Lebens an, von der jüngsten Liebesenttäuschung bis hin zu den fernen und schrecklichen Internatsjahren. In meinem übersteigerten Vertrauen zeigte ich ihm sogar ein Foto meiner Mutter, jenes heiligen Geschöpfes, dessen Gesichtszüge ich noch nie dem Erstbesten gezeigt hatte, und versuchte ihm die Leere zu beschreiben, die ihr Tod nach dem langen bittersüßen Leidensweg ihrer Krankheit in mir zurückgelassen hatte. Kurz und gut, ich schüttete ihm schlicht und ergreifend ohne jede Zurückhaltung mein Herz aus und bildete mir mehr oder weniger ein, dieser Junge könnte alle meine Wunden heilen nur dadurch, dass er meine Stirn streichelte oder sich wie eine liebevolle Katze in meinen Arm kuschelte.

Leider tat er nichts von alledem; er saß reglos in seiner Sofaecke, ohne auf meine vertraulichen Mitteilungen auch nur mit einem Wort oder einer Geste zu reagieren. Als ich jedoch an einem bestimmten Punkt unserer Plauderei beschloss, dass es an mir sei, dieses zögerliche Verhalten zu durchbrechen, und versuchte, eine seiner Hände in meine zu nehmen, bemerkte ich zu meiner Freude, dass er sie mir nicht entzog. Ermutigt durch diese Zutraulichkeit ermunterte ich ihn, es sich bequem zu machen; es war spät, Zeit, schlafen zu gehen, und ich bot ihm gern ein großes weiches Bett an, das wie geschaffen zu sein schien für einen hübschen Jungen wie ihn. Auf dieses Angebot reagierte er weder zustimmend noch ablehnend, sondern beschränkte sich darauf, mich mit einer gewissen Eindringlichkeit anzublicken, obwohl sein Blick mir bis dahin eher ausgewichen war. Es war ein merkwürdiger, seltsam trauriger Blick, der mich auf unerklärliche Weise verlegen machte.

Ich fragte ihn, ob er noch etwas trinken wolle, und er nickte. Ich nahm also die leeren Gläser, in denen die letzten Eissplitter langsam schmolzen, und ging in die Küche, um sie mit neuen Eiswürfeln zu füllen; eine ganz simple Handlung, die gerade eine Minute in Anspruch nahm. Doch während ich die Eisschale aus dem Kühlschrank nahm, hörte ich ein Geräusch an der Wohnungstür, ein leises Geräusch, als hätte sie jemand behutsam geöffnet und danach mit der gleichen Vorsicht wieder geschlossen. Ich eilte ins Wohnzimmer zurück, wo ich das Sofa leer vorfand; der junge Pianist hatte sich in Luft aufgelöst. Verstehen Sie, dieser Ausbund an Undankbarkeit hatte sich davongemacht, ohne sich von mir zu verabschieden, nachdem ich ihn ins Restaurant eingeladen und einen ganzen Abend damit vergeudet hatte, mich mit ihm zu beschäftigen. Habe ich nun recht mit meinem Urteil, dass die Welt schlecht ist, oder nicht?

Seit das Foto des Patienten zum ersten Mal in Zeitungen und Zeitschriften erschienen war, war die Krankenschwester Nadine verwundert, erstaunt und wie elektrisiert. Nie hätte sie gedacht, dass die graue Sphäre ihres Alltags in Kontakt mit jener anderen treten könnte, dass jemand – jemand, der ihr vertraut war – den erstaunlichen Sprung von der einen in die andere Sphäre machen könnte. Daher hob sie sorgfältig ein Exemplar aller Veröffentlichungen auf, in denen dieses Foto auftauchte; keine Ausschnitte, wie es die Klinikleitung tat, um das Archiv auf dem Laufenden zu halten, sondern das vollständige Exemplar, denn das war ja gerade das Schöne: das einfache und verwirrte Gesicht ihres Patienten, abgebildet auf derselben Seite wie das bekannte Konterfei einer Herzogin oder eines Rockstars.

Und dass der stumme Pianist, nachdem er eine solche Verwandlung durchgemacht hatte, ein Wesen aus Fleisch und Blut blieb und weiterhin durch die Flure der Klinik ging, als sei nichts gewesen, war derart verblüffend, dass sie es kaum fassen konnte. Doch sie musste sich den Tatsachen beugen. Sie musste die konkrete Realität dieser Person akzeptieren, die sie berühren konnte, ja, die sie tatsächlich sogar sehr häufig berührte, wenn auch nicht mehr mit der beruflichen Unbefangenheit der ersten Tage. Jetzt zitterten ihre Hände leicht, wenn sie mit dem Rasierapparat den Konturen dieses berühmten Gesichts folgte (es war keinem Patienten erlaubt, sich selbst zu rasieren) oder die Stelle suchte, an der sie die

Nadel einstechen musste, wenn die Ärzte ihr auftrugen, ihm ein Medikament zu spritzen. In solchen Augenblicken wäre sie sogar rot geworden, hätte ihre Hautfarbe das zugelassen; stattdessen beschränkte sie sich darauf, die Wimpern zu senken, als wollte sie sich verstecken, wenn er sie ansah, was allerdings nur selten geschah, ihr jedoch kleine erregende Episoden schenkte, über die sie nachts vor dem Einschlafen in Ruhe nachdenken konnte.

In dieser Nacht waren ihre Gedanken jedoch weit weniger angenehm und führten dazu, dass sie sich im Bett herumwälzte und keinen Schlaf fand. Zufällig hatte sie von einer Kollegin, die sich offenbar nicht bewusst war, wie sehr sie sie damit verwirrte, erfahren, dass die Verbreitung des Fotos erste Früchte trug. Anfangs begriff Nadine nicht; die Veröffentlichung des Fotos war für sie nie etwas gewesen, das »Früchte tragen« sollte, sondern ein großartiges Ereignis, mit dem sie keine weiteren Erwartungen verband. Und nun rief ihr die Kollegin ins Gedächtnis, dass das Foto des Jungen an die Presse gegeben worden war, um ihn möglicherweise zu identifizieren. Schlimmer noch, sie informierte sie darüber, dass tatsächlich aus entfernten Gegenden des Landes und sogar aus dem Ausland Schreiben eingegangen waren, deren Absender behaupteten, sie hätten darin ein vertrautes Gesicht erkannt, und die mehr oder weniger konkrete Hinweise für eine Identifikation lieferten. Leider (das war das Wort, das die Kollegin benutzt hatte) hätten sich diese Hinweise bislang als vage oder irreführend erwiesen, und noch immer sei nicht eindeutig festzustellen, wer sich hinter den mittlerweile berühmten Gesichtszügen des stummen Pianisten verbarg; doch früher oder später würde sich unter all den falschen Fährten zweifellos die richtige befinden, man müsse nur abwarten und Geduld haben.

Es war genau diese beruhigende Aussicht, die Nadines Ruhe so nachhaltig störte. Nachdem die Kollegin gegangen war, verspürte sie das Bedürfnis, noch einmal das Zimmer des jungen Mannes aufzusuchen, obwohl sie um diese Zeit dort nichts zu tun hatte; sie wollte sich einfach nur vergewissern, dass er all den Schwarzmalern und dem lästigen Eifer dieser Briefschreiber zum Trotz da war. Doch als sie in seinen Flur kam und den Lichtstreifen sah, der wie immer unter der Tür seines Zimmers hervorschimmerte, waren ihre Befürchtungen wie weggeblasen. Der Patient hatte nämlich die Gewohnheit, das Licht bis spät in die Nacht brennen zu lassen, und Nadine hatte sich stets gefragt, warum. Lesen tat er nicht, obwohl der Direktor ihm, um wenigstens seine Nationalität herauszufinden, Bücher in den unterschiedlichsten Sprachen aufs Zimmer hatte bringen lassen, und es war auch wenig wahrscheinlich, dass er diese Stunden damit verbrachte, sich dem Strom der Erinnerung zu überlassen, da sich die Vergangenheit, wie es schien, für ihn auf eine Schiefertafel reduzierte, von der auch die kleinste Kreidespur gewischt worden war. Aber vielleicht hielt ihn ja die Musik wach, so wie es Nadine bisweilen passierte, wenn sie gerade einen neuen Song gehört hatte und die Melodie ihr nicht mehr aus dem Kopf ging; wie sehr mussten ihm da diese Töne im Kopf herumspuken, handelte es sich doch um so schwierige, so komplizierte Stücke, die zweifellos nur äußerst schwer zu verdauen waren.

Besser, ich störe ihn nicht, dachte sie und machte sich relativ beruhigt auf den Weg zu ihrem Zimmer, einer kleinen Mansarde im obersten Stock, das damals, als der Lord und die Lady hier gewohnt hatten, vermutlich eines der Dienstbotenquartiere gewesen war. Als sie eintrat, fiel ihr Blick auf das Foto des stummen Pianisten, dem sie einen Ehrenplatz an der Wand gegeben hatte, neben dem Kalender mit den Ansichten des Lake District und zwischen den grellen Porträts ihrer Lieblingsstars. Eine seltsame Eifersucht veranlasste sie, es von der Wand zu nehmen und in einer Schublade zu verstecken, wo es vor indiskreten Blicken geschützt war; es kam zwar nie jemand in ihr Zimmer, aber es schadete ja nichts, vorsichtig zu sein.

Erst als sie im Bett lag, wurde ihr die Absurdität dieser Vorsichtsmaßnahme bewusst. Alle kannten mittlerweile zur Genüge die Gesichtszüge ihres Patienten, in der Klinik ebenso wie außerhalb; sich einzubilden, ihn noch lange für sich behalten zu können, war also sinnlos, da sein Foto Gemeingut geworden war und irgendjemand in ihm sehr bald schon einen ungarischen Grafen oder den Sohn eines texanischen Erdölmagnaten oder irgendeine andere unerreichbare Persönlichkeit erkennen würde, die lediglich ein merkwürdiges Versehen des Schicksals hierhergeführt hatte, um für kurze Zeit ein so gewöhnliches Leben mit ihnen zu teilen. Es war sinnlos, sich einzubilden, er würde in der Klinik bleiben, wenn er in seiner Villa, in seinem Schloss oder in seinem luxuriösen Penthouse im obersten Stock eines Wolkenkratzers eine sehr viel angemessenere Pflege durch ein Heer wunderschöner Krankenschwestern erhalten und täglich durch die Besuche anderer berühmter Persönlichkeiten aufgeheitert werden könnte. Das war für sie eine mal düstere, mal, in einer Anwandlung von Entsagung, glänzende, immer aber irgendwie unwirkliche Aussicht, denn ehrlich gesagt wirkte der junge Mann ganz und gar nicht wie ein Graf oder der Sohn eines Erdölmagnaten, allerdings auch nicht wie einer von ihnen und erst recht nicht, als wäre er in einem armseligen Viertel am Stadtrand aufgewachsen. Soweit Nadine verstanden hatte, gehörte er keinem Milieu, keiner Klasse an; er war plötzlich in ihre Mitte gefallen wie ein Meteor von fernen Sternen her, und ebenso plötzlich würde er wieder in einer Fremdheit verschwinden, die so absolut war, dass sie sogar die Phantasie einer unersättlichen Klatschspaltenleserin herausforderte.

Von solchen Gedanken niedergedrückt, fiel sie in einen unruhigen Schlaf, aus dem sie immer wieder erwachte. Bei Tagesanbruch weckte sie der gräuliche Schein, der durch die Fensterluke hereindrang; sie musste vergessen haben, die Vorhänge zu schließen. Vom Bett aus sah sie ein rechteckiges Stück Himmel, das so leer und abstrakt war, dass es sich überall hätte befinden können; nur die Möwen, die durch den leeren Raum flogen, erinnerten sie bisweilen an die Nähe des Meeres. Während sie mit dem Blick einer dieser flüchtigen Flugbahnen folgte, fielen ihr wieder die Worte der Kollegin ein, und sie stand auf, um zum Fenster zu gehen. Wenn sie Nase und Stirn gegen die Scheibe drückte, konnte sie sogar von dort aus den Zufahrtsweg erkennen, der sich kurvenreich durch die Wiese schlängelte. Über diesen Weg, das wusste sie, würde in Kürze der Postbote kommen, ein harmloses altes Männlein, mit dem sie bereits ein paar Worte an den Tischchen des Red Lion gewechselt hatte, der sich jetzt aber mit einem Schlag in den denkbar unheilvollsten Boten verwandelt hatte. Möglicherweise trug er ja ausgerechnet heute Morgen in seiner Umhängetasche zwischen der normalen Korrespondenz den entscheidenden Brief, der mit blindem Zynismus von ihren Vorgesetzten erwartet wurde …

Wo war ich stehen geblieben? Ach ja, bei den Auserwählten, von denen ich Dir einige näher vorstellen möchte, falls Du die Güte haben willst, mich wenigstens in Gedanken zu einem unserer musikalischen Abende zu begleiten, um die Korbsessel zu mustern, die Nadine hartnäckig jeden Tag von Neuem in ordentlichen Halbkreisen aufstellt und die jedes Mal erneut rücksichtslos von diesem unfolgsamen Grüppchen von Stammhörern verschoben werden. Unter ihnen wirst Du beispielsweise Mr. Brown finden, Buchhalter von Beruf, bevor die Psychose die Oberhand gewann. Seitdem suggeriert ihm jede Abfolge von Tönen nach bestimmten Regeln, hinter die ich noch nicht gekommen bin, eine entsprechende Abfolge von Ziffern, welche er nach und nach gewissenhaft auf ein Blatt Papier schreibt. Du wirst die kleine, Dir unbekannte Lisa finden, die so sehr einem flämischen Engel gleicht und jedem Stimulus unzugänglich ist, mit Ausnahme dem der Musik, wie ich in den letzten Wochen entdeckt habe; Du wirst (doch über sie sage ich lieber nichts) Mrs. Doyle finden … kurz, Du wirst einer recht umfangreichen Kollektion menschlichen Leids begegnen, die Abend für Abend vom Klang des Flügels ich weiß nicht, ob Trost oder eine letzte, überaus süße Verschlimmerung ihrer Krankheit erfährt.

Süße und Krankheit: eine eigenartige Kombination, und doch fast unvermeidlich. Mir ist das weniger durch die Reaktionen meiner Patienten klar geworden als durch ein bestimmtes Stück von Chopin, das der stumme Pianist erst gestern Abend für uns (oder für wen auch immer) gespielt hat.

Ja, ausgerechnet Chopin... der Lieblingskomponist der Klavierlehrerinnen sowie der inzwischen ausgestorbenen Gattung Mädchen aus gutem Hause. Ich verdanke dem schweigsamen Jungen und einigen Erklärungen, die Rosenthal mir liebenswürdigerweise gegeben hat, eine genauere Wahrnehmung seines Genies. Keine Angst, ich will Dich nicht mit dilettantischem Geschwätz langweilen, sondern Dich vielmehr einladen, ein Detail zu berücksichtigen, auf das ich Deine Aufmerksamkeit vielleicht noch nicht gelenkt habe, nämlich dass der Patient dieses ganze ungeheure Repertoire spielt, ohne je in eine Partitur zu blicken. Er spielt es auswendig, verstehst Du, und perfekt; nie lässt er irgendeine Unsicherheit erkennen oder verspielt sich, doch selbst jetzt, da ich dies schreibe, habe ich das Gefühl, mich nicht klar genug ausgedrückt, Dir keine hinreichende Vorstellung von dem gegeben zu haben, was während dieser Konzerte tatsächlich geschieht. Denn siehst Du, wenn unser Genie sich auf seinen Schemel setzt, dann vermittelt es stets nicht so sehr den Eindruck, das eine oder andere Stück zu spielen, sondern es zu *erschaffen*, es aus dem Nichts zu holen oder, wenn Dir das lieber ist, es aus einem fernen, unerreichbaren Geisterreich heraufzubeschwören. Ein bisschen so, wie die Alten aus dem Jenseits die nicht greifbaren Schatten der Toten heraufbeschworen, die wieder zum Leben erwachten, indem sie das schwarze und dampfende Blut eines Opfertiers tranken. Hier allerdings (und das ist kein geringer Unterschied) tränkt der Beschwörer diese Schatten mit seinem eigenen Blut, nährt mit sich selbst, mit seiner Lebenskraft diese tönenden Gespenster, die seinen Geist bestürmen und von ihm eine flüchtige Auferstehung fordern.

Bitte lächle nicht. Ich weiß, Du denkst, ich lasse meiner Phantasie freien Lauf, und ich muss zugeben, dass ich auf diese Idee der Schatten durch die metaphysischen Spekulationen der Gräfin X gekommen bin. Nicht, dass ich ihr Glauben schenken würde, natürlich nicht, doch in gewisser Weise fürchte ich, von ihr beeinflusst zu werden. Wie Du Dir vorstellen kannst, ist das Geheimnis des stummen Pianisten für sie noch größer als für uns, uns Wissenschaftler, meine ich, die wir auf das nüchterne und enge Gebiet der empirischen Realität beschränkt sind. Die Gräfin X würde schwören, dass der Junge »besessen« ist; von wem oder von was, weiß man nicht, jedenfalls im Augenblick nicht, doch sie wartet auf genauere Informationen von Graf X, der in Sachen Gespenster ohne jeden Zweifel als maßgebliche Quelle gilt.

Während der Sitzungen sprechen wir jetzt über nichts anderes, oder besser, sie spricht über nichts anderes, während ich vergeblich versuche, das Gespräch in eine konstruktivere Richtung zu lenken. Erst heute ist es mir endlich gelungen, aber nur mit der entscheidenden Komplizenschaft von Chopin, erneut eines Vertreters des berüchtigten Schattenreiches also. In gewisser Hinsicht ein Pyrrhussieg. Dennoch hat sich die Gräfin unter dem aufwühlenden Eindruck, den das Stück, das der Junge gestern gespielt hat, auf sie gemacht hat, in der letzten Sitzung, anstatt sich wie üblich hinter dem nebulösen Verteidigungsapparat ihrer Theorien zu verschanzen, endlich zu ein paar persönlichen Erinnerungen hinreißen lassen, die sie niemals erwähnt hatte und die vielleicht zumindest teilweise erklären, warum sie sich so sehr von dem jungen Pianisten angezogen fühlte. Hier also, was sie mir erzählt hat …

Ich war in Venedig, im Mai, vor vielen Jahren. Ich sage Ihnen nicht, wie viele, Doktor, das Alter einer Frau ist ein Geheimnis, und die Betreffende legt größten Wert darauf, es zu bewahren, auch wenn diese Zurückhaltung gerade in unserem Fall sinnlos ist. Ich weiß sehr gut, dass Sie böser Mensch die Grausamkeit besessen haben, mein Geburtsdatum auf dem Krankenblatt zu vermerken, bemühen Sie sich nicht, es zu leugnen, und außerdem sind mir diese Dinge auch vollkommen egal; ich lebe in einer anderen Welt, in der das Alter keine Rolle spielt. Ganz zu schweigen davon, dass meine besten Freunde alle älter sind als ich, einige sogar *viel* älter.

Was habe ich gerade gesagt? Ach ja, in jener Zeit war ich in Venedig, in Begleitung eines Freundes ganz anderer Art, eines Mannes (einen Herrn kann ich ihn nicht nennen), der es, meine jugendliche Unerfahrenheit ausnutzend, verstanden hatte, meine Achtung zu gewinnen, und mich auf eine lange Reise durch Europa mitgenommen hatte, doch dann hatte er sich letzten Endes als der erwiesen, der er war: ein engherziger und brutaler Mensch, der nicht die geringste Ahnung hatte, wie man eine adlige Dame zu behandeln hat. Diese Entdeckung machte ich ausgerechnet in Venedig. Bitte zwingen Sie mich nicht, ins Detail zu gehen, es genügt, wenn Sie wissen, dass mich das so sehr verletzte, dass ich nicht eine Minute länger mit ihm unter demselben Dach bleiben konnte. In Tränen aufgelöst verließ ich daher das Hotel an der Riva degli

Schiavoni, in dem wir wohnten, und beschloss, nicht einmal um die Koffer zu packen, dorthin zurückzukehren. Viel Gepäck hatte ich sowieso nicht; die Garderobe, der Schmuck, sogar die Bücher, die ich besaß, waren lauter Geschenke, mit denen dieser verachtenswerte Mensch meine Zuneigung erkaufen zu können geglaubt hatte. Natürlich hatte er sich geirrt, und das würde ich ihm jetzt beweisen, aber ich befand mich in einer misslichen Lage, allein und ohne Geld, in einer fremden Stadt, in der ich mich nicht einmal auf den widerstrebenden Schutz meiner Familie verlassen konnte. Stellen Sie sich vor, Doktor, Sie stehen auf einer dieser Brücken, wie man sie in Venedig an jeder Ecke findet. Sie blicken geradeaus und stellen fest, dass die Brücke nirgendwohin führt, dass sie im Leeren endet; und daraufhin drehen Sie sich um, um zurückzugehen, aber auch dort ist nur Leere; die Straße, die Sie gekommen sind, ist verschwunden, die Stufen sind verschwunden, alles ist verschwunden. Was soll man in einer solchen Situation tun?

Und da kam mir ein Gedanke. Ein furchtbarer und dennoch tröstlicher Gedanke, der mich begleitete, während ich meine Schritte am Ufer entlang zur Piazza San Marco lenkte. Ich sagte »lenkte«, doch in Wirklichkeit ging ich auf gut Glück und ließ mich vom Gedränge der Touristen vorwärtsschieben. Ich erinnere mich, es war ein merkwürdiger Frühlingstag, die Wolken hatten über der Lagune eine Art Deckel gebildet, und Kirchen und Palazzi hoben sich mit düsterer Klarheit von einem bleiernen Hintergrund ab.

Auf der Piazza hatten die Kapellen der Cafés bereits zu spielen begonnen. Als ich an den Tischchen des Caffè Florian vorbeiging, erkannte mich einer der Kellner und grüßte mich mit einer leichten Verbeugung, aber diesmal hatte ich kein Trinkgeld für ihn, ich hatte nicht einmal genug, um etwas zu bestellen, und daher tat ich so, als sähe ich ihn nicht, und beschleunigte den Schritt, während mir eine glühende Hitze ins Gesicht stieg. Das genügte, um mich erkennen zu lassen, dass die Piazza nicht mehr der richtige Ort für mich war, jetzt nicht und nicht unter diesen Umständen. Der Instinkt gebot mir, die Einsamkeit zu suchen, und das tat ich, indem ich in das Gewirr der Gässchen hinter der Mercerie vordrang. Ich musste lange gehen, bis die Menge sich lichtete, und mich in Gegenden der Stadt wagen, in die ich nie den Fuß gesetzt hatte, aber ich war ganz ruhig, weil ich mich nicht verlaufen konnte. Wie auch, da ich doch keinen Ort hatte, an den ich zurückkehren konnte.

Und so setzte ich in einer Art trostlosem Übermut meinen Weg fort, und wenn in dem Augenblick die Geister, meine künftigen Freunde, ihren immateriellen Blick auf mich gerichtet hätten, sie hätten mich ohne jeden Zweifel für einen von ihnen gehalten, so sehr hatte ich mich von allen irdischen Dingen gelöst. Nur im Hals spürte ich noch einen Kloß, einen hartnäckigen Kloß, der mich daran erinnerte, dass ich am Leben war. Ich durchquerte gerade einen feuchten Durchgang, als ich zum ersten Mal die Musik bemerkte; vermutlich hatte ich sie schon seit einer Weile gehört, ohne mir dessen bewusst zu sein. Sie drang aus der Ferne an mein Ohr, aus dem offenen Fenster irgendeines Palazzos, in dem jemand Klavier spielte, und hatte etwas Vertrautes, zutiefst Vertrautes sogar, obwohl ich sie im ersten Moment nicht zu erkennen vermochte. Der Durchgang führte mich auf einen jener kleinen Plätze, die nur für die Venezianer einen Namen haben, vier Häuser, die sich um die Brüstung eines Brunnens drängten, und als ich mich umblickte, sah ich, dass alle Fenster geschlossen waren. Doch die Musik war noch immer zu hören, näher jetzt, deutlicher, wie ein Wort, das mir unablässig ins

Ohr geflüstert wurde, bis ich endlich seine Bedeutung erfassen würde. Da folgte ich ihrem Ruf und ging durch die Gässchen und über die Brücken in die Richtung, aus welcher der Klang kam. Ich weiß nicht, warum, aber es schien mir wichtig herauszufinden, woher sie kam; mir war geradewegs so, als ginge es um Leben oder Tod, fast schon machte ich mir Hoffnungen, dass ich, sollte ich sie entdecken, den Weg zurück nach Hause finden würde.

Nachdem ich noch ein paar Meter zurückgelegt hatte, wusste ich zumindest, was ich da hörte: eine Ballade von Chopin, ebendie, die unser junges Genie gestern Abend so entzückend für uns gespielt hat. Nein, »entzückend« ist nicht das richtige Wort, und auch als ich sie in diesen venezianischen Gässchen hörte, gespielt von jenen unsichtbaren Händen, empfand ich keineswegs Entzücken. Im Gegenteil, zum ersten Mal hatte ich den Verdacht, dass Chopin ein grausamer Mann gewesen war, ein Verdacht, der mich seit damals nicht mehr verlassen hat. Ein Mann, der fähig ist, eine einfache kleine Phrase, unschuldig, wie ich es als Mädchen war, zu nehmen und sie innerhalb weniger Minuten alle möglichen Qualen einer Seele durchleiden zu lassen, finden Sie das schön, Doktor, finden Sie das nett? Die Verzögerungen, die Erschöpfungen, das Zerfransen der Klänge, das langsame Sich-im-Kreis-Drehen wie der verhexte Mechanismus eines Glockenspiels und dann jene plötzlichen Anfälle krankhafter, schwermütiger Euphorie, von denen man sich unwillkürlich mitreißen lässt, selbst wenn man den Abgrund von Verzweiflung erahnt, in den sie uns führen… Verzweifelt war ich bereits, und als das Thema plötzlich tänzerisch und sehnsuchtsvoll wurde, hatte ich wirklich das Gefühl, vor mir das Gespenst meiner verlorenen Jugend auftauchen zu sehen. Vergessen Sie nicht, dass ich gerade erst dreißig geworden war (so, jetzt habe ich es gesagt), das Alter, in dem man, wie ein Dichter geschrieben hat, in den Strudel eintauchen und sich dem tödlichen Zauber der Welt stellen muss …

Noch heute könnte ich nicht sagen, wovon diese Musik mir erzählte, von meinen Enttäuschungen oder meinen geplatzten Illusionen, und doch wusste sie, wovon sie sprach, als wäre sie mir bei meinem Herumirren Schritt für Schritt gefolgt, nicht nur hier, in den venezianischen Gässchen, sondern immer schon, auf die Bälle und ins Theater, in die Casinos und die Hotelzimmer, ja seit jenem fernen vergessenen Augenblick schon, in dem ich mir zum ersten Mal des Schmerzes bewusst geworden war. Ja, es war, als hätte sie mit mir so manches morgendliche Erwachen erlebt, die Trostlosigkeit eines ungemachten Bettes, die Blumen der Verehrer, die stumm in den Vasen verwelkten, die alten verblassten Lippenstiftspuren auf den Handtüchern … Während ich zuhörte, überfiel mich eine solche Mattigkeit, dass ich mich, als ich auf eine Kirche stieß, auf die verwitterten Marmorstufen setzen musste. Ich befand mich auf einem Platz, der größer war als diejenigen, die ich zuvor überquert hatte. Als ich den Blick zu den Palazzi hob, die mich umgaben, bemerkte ich schließlich ein offenes Fenster und jenseits des Fensters eine Gestalt, die im Profil im Halbdunkel des Zimmers saß; ein Junge, wie mir schien, obwohl das Bild sehr unbestimmt war. Ich sah nur den reglosen Kopf und die Schultern, die sich leicht hoben und senkten.

Der Tag neigte sich dem Ende zu, und das Klavier unterstützte Ton für Ton das allmähliche Schwächerwerden des Lichts. Verwirrt, wie ich war, vermochte ich den Blick nicht von dem Profil abzuwenden, das sich immer dunkler, immer undeutlicher im Fensterrahmen abzeichnete, für meine Augen jedoch eine so eindringliche Präsenz hatte, dass sie alles

Übrige auslöschte. In Venedig, oder vielleicht auf der ganzen Welt, gab es nur noch uns beide: unbekannt, nahezu unsichtbar füreinander, und doch innig verbunden durch diese Musik, die mir noch immer ihre grausame Süße ins Herz träufelte. Ich weiß nicht, warum, aber während ich zuhörte, fiel mir ein, was ich über Chopins Tod gehört hatte, als die Freunde das Klavier aus dem Salon vor die Schwelle seines Schlafzimmers schoben und die Gräfin Potocka für ihn sang, hochgewachsen und wunderschön und ganz in Weiß.

Es fehlten nur noch die letzten Takte; nach einem wirbelnden, verzehrenden Crescendo schwieg die Musik plötzlich, und die Gestalt erhob sich und verschwand in der Dunkelheit des Zimmers. Absurderweise bestürzte mich das geradezu, als wäre mir plötzlich das Ziel genommen worden, das ich erreicht zu haben glaubte. Ich stand wieder auf der Brücke, verstehen Sie? Auf dieser Brücke zwischen Leere und Leere. Für einen Augenblick dachte ich daran, den Jungen zu rufen; vielleicht hätte er sich am Fenster gezeigt, und ich hätte ihn überreden können, noch einmal zu spielen. Ein lächerlicher Gedanke, da ich nicht einmal seinen Namen kannte, ebenso lächerlich wie mein Versuch, aufzustehen und die Klingel des Hauses zu drücken. Zum Glück schaffte ich es nicht, meine Beine waren zu müde, um mir zu gehorchen, und so blieb ich sitzen, dachte an nichts und bemerkte gar nicht, wie die Nacht hereinbrach; nur dort oben, jenseits der Giebel der Palazzi, schimmerte noch ein letztes blaues Licht. Auf den Stufen kauernd, starrte ich weiterhin zu dem Fenster hinauf und bemerkte nicht, dass ein Fremder den menschenleeren Platz betrat, stehen blieb, mich beobachtete und dann langsam auf mich zukam. Auf einmal sah ich eine Hand, die sich mir entgegenstreckte; es war die Hand des Grafen X, die freundliche und hilfsbereite Hand meines späteren Ehemannes.

Die Briefe, die Nadine Tag für Tag mit bangem Misstrauen erwartete, trugen die unterschiedlichsten Briefmarken, ein Beweis dafür, dass dieses alte abgelegene Gebäude zum Zentrum eines ausgedehnten Netzes von Vermutungen und regem Informationsaustausch geworden war. Auch die Telefone klingelten mit nie da gewesener Häufigkeit, die Mailboxen quollen über von E-Mails, und es gab keine Telefonistin oder Sekretärin, die nicht bereits die Telefonnummern der wichtigsten Redaktionen, der Auslandskorrespondenten und der verschiedenen Detektivbüros auswendig gelernt hatte, die an den Nachforschungen beteiligt waren.

Und doch wirkte die Klinik gerade jetzt, da der Stein kraftvoll geschleudert worden war und die Kreise sich rasch immer mehr ausweiteten, bis sie schließlich die äußersten Ränder der Welt erreichten, isolierter denn je, gehüllt in den dichten Novembernebel. Verschwunden war das Meer, verschwunden der Küstenvorsprung, verschwunden sogar der vertraute Rahmen des Parks, wenn man nicht das vage Erscheinen einiger Hecken oder den gespenstischen Ringelreihen nackter Zweige, der sich undeutlich hinter dem grauen Schirm abzeichnete, als solchen betrachten wollte. Jetzt käme ein Wintergarten ganz gelegen, ein echter Garten, in dem sich die Patienten der Illusion hingeben könnten, einen alten Adelssitz zu bewohnen, und in dem das Personal die kurzen Arbeitspausen auf angenehme Weise verbringen könnte.

Stattdessen nichts von alledem. Wenn man jetzt die Schwelle

zu diesem Raum überschritt, war es, als betrete man einen heiligen Bereich – eine Freiheit, die sich praktisch niemand herauszunehmen traute, nicht einmal wenn der Pianist friedlich auf seinem Zimmer war. Irgendetwas lag immer in der Luft, etwas, das einige zurückwies, andere anzog, auf jeden Fall aber dazu zwang, sich möglichst geräuschlos zwischen den Korbsesseln und den einzelnen alten Tischchen hindurchzuschlängeln. So betrat eines Morgens die junge Lisa, der flämische Engel, auf Zehenspitzen den Wintergarten, als die Unachtsamkeit einer Krankenschwester ihr erlaubt hatte, sich nach dem Frühstück unbeobachtet aus dem Speisesaal zu entfernen. Merkwürdig war, dass sie die Initiative ergriffen hatte, sie, die niemals Initiativen ergriff und beschützt durch ihren magischen Kreis durchs Leben ging, mit einer kühlen Teilnahmslosigkeit, die niemand anzukratzen vermochte. Doch auch jetzt, während sie sich zwischen den Glasscheiben, die auf das Nichts gingen, bewegte, ohne zu bemerken, dass der Park verschwunden war, schien sie nicht bewusst zu handeln, sondern einem unwillkürlichen Impuls zu gehorchen, und auf ihrem verschlossenen Gesicht war weder Neugier noch Aufmerksamkeit, ja nicht einmal der kleinste Funke von Interesse zu erkennen.

In sich versunken ging sie langsam auf das Podium zu. Sie stieg die Stufen hinauf, öffnete den Deckel des Flügels, doch anstatt sich zu setzen, blieb sie stehen, den Kopf gesenkt, und ihre herabfallende goldene Haarmähne berührte die Tasten. Dann legten sich ihre Finger auf die drei Töne eines Akkords, drückten sie nieder und brachten sie zum Klingen, ein dumpfer, dunkler Klang, der, als sie die Hand hob, sofort erlosch, ohne in der Stille des Raums nachzuhallen. Lisa wiederholte den Akkord ein paarmal, so wie man die Worte eines Gebets wiederholt, wenn der Gott nicht antwortet, bis ihre Finger bei der x-ten Wiederholung die mittlere Taste zufällig nicht herunterdrückten und statt des vollständigen Akkords eine leere Quinte hervorbrachten: der gleiche Akkord, aber mit einem kleinen Abgrund, der sich in der Mitte öffnete, zwei ferne, vibrierende Töne, die eine Abwesenheit ahnen ließen.

Als der flämische Engel sie hörte, setzte er sich auf den Schemel und streckte einen Fuß zu dem rechten Pedal aus. Lisa war jetzt ungewohnt aufmerksam und spielte immer wieder diese beiden Töne, mal gemeinsam, mal nacheinander, damit sie sich nicht ganz überlagerten. Nur diese beiden Töne, endlos, während draußen der Nebel einen immer helleren Farbton annahm, der etwas Perlfarbenes hatte, als würde der Raum von hohen Eiswänden umgeben. Und aus Eis war auch Lisas Stimme, als sie mit einem Mal abrupt die Hand von den Tasten nahm und völlig ausdruckslos sagte: »Soll ich mit dir gehen?« Sie sagte das vielleicht zu der Krankenschwester, die gerade in dem Augenblick in der Tür erschien und deren Gegenwart sie mit der Überempfindlichkeit der Kranken sofort bemerkt hatte. Ja, erwiderte die Krankenschwester, sie solle mit ihr gehen, sie solle sich zum Doktor begleiten lassen, der sie schon seit geraumer Zeit für die Sitzung erwarte; später aber könne sie, wenn sie brav gewesen sei und der Arzt nichts dagegen habe, in den Wintergarten zurückkehren und die Musik hören.

VERLANGEN SIE NICHT von mir, mich zu erinnern, Doktor, es gibt nichts, was ich mehr fürchte als die Erinnerungen, und wie Sie wissen, schütze ich mich dagegen, indem ich mir den Schlaf versage, abgesehen von dem, den Sie mir künstlich verschaffen. Im Lager konnte ich wunderbar schlafen, abends fiel ich auf meine Pritsche wie ein erschöpftes Tier, aber auch damals habe ich nicht geträumt, und dafür danke ich dem Himmel.

Wissen Sie, wer ich bin, Doktor? Haben Sie auch nur die blasseste Ahnung? Nein, ich denke nicht, denn sonst würden Sie verstehen, wie absurd es ist, mir meine Vergangenheit ins Gedächtnis zurückzurufen. Ich habe Hunderte von Gruben ausgehoben, Doktor, ohne mich zu fragen, für wen sie bestimmt waren; ich bin im Blut gewatet, um dem Leichnam eines meiner Kameraden die Schuhe auszuziehen. Wenn Sie das über sich selbst wüssten, glauben Sie, Sie könnten schlafen? Sich erinnern? Träumen?

Sie werden mir sagen, ich sei nicht der Einzige, alle hätten notgedrungen so gehandelt, und mir mit dem Selbsterhaltungstrieb kommen, dem schändlichen Instinkt, der mich damals leitete. Bitte tun Sie es nicht. Bemühen Sie sich lieber, sich einen dieser Morgenappelle vorzustellen, bei denen das Gesetz der Selektion Triumphe feierte. Stellen Sie sich uns alle in Reih und Glied vor, bemüht, uns mit dem Nichts im Körper aufrecht zu halten. Der gebildete, der sensible Rosenthal sieht, dass sein Nachbar in der Reihe schwankt, doch er denkt nicht daran, ihn zu stützen oder einen halben Schritt vorzutreten, um ihn vor jenen Herren zu verbergen. Sicher, er hätte etwas Derartiges nicht tun können, ohne sich großer Gefahr auszusetzen, denn wenn sie ihn entdeckt hätten, hätten sie ihn vermutlich auf der Stelle erschossen, und niemand, das fehlte noch, ist verpflichtet, den Helden zu spielen. Doch der unvergleichliche Rosenthal stieß bloß einen Seufzer der Erleichterung aus, weil in dieser grausamen Lotterie ja einer gezogen werden musste, und er begriff, dass es diesmal nicht ihn treffen würde; neben einem Mann in derart schlechtem Zustand würde er zweifellos immer noch einen guten Eindruck machen und gesund und kräftig und arbeitsfähig für eine weitere Woche wirken.

Das ist die Selbsterkenntnis, mit der ich Tag für Tag, Nacht für Nacht leben muss. Und am schlimmsten ist der Gedanke, dass dieses Wissen mir für immer hätte erspart bleiben können, wenn mein Leben sich anderswo oder in einer anderen Zeit abgespielt hätte, wenn ich durch einen einfachen Zufall nicht in diesen Abgrund hätte hinuntersteigen müssen und ich mich abends im Bett ausstrecken würde, sanft gewiegt von meinen edlen Gesinnungen und dem reinen Gewissen eines zivilisierten Menschen. So durchschreitet man fast zufällig die Pforten der Hölle, und es gibt keine Rückkehr, glauben Sie mir, weder für die Begrabenen noch für jene, welche die Gruben ausheben.

Doch was ich nicht zu fassen vermag, Doktor, ist, dass ich trotz allem die Freude an der Musik nicht verloren habe. Wenn ich Sie wäre, würde ich gründlich darüber nachdenken, denn die Musik ist die Muttersprache der Sehnsucht, die versunkene Sprache der Engel, die sich an ihr Paradies erinnern. Gefallene Engel, ohne Zweifel, in denen aber immer noch ein Funke glimmt, der wieder zurückführt; Engel, die imstande sind zurückzublicken, um wenigstens als Bild die verlorene Unversehrtheit zu genießen. Und ich, der ich mich nicht einmal traue, mich an meine Vergangenheit zu erinnern? Auch wenn ich glaube, dass ich in gewisser Weise nichts anderes tue, dass ich Ihnen während der Sitzungen von nichts anderem erzähle, und fürchte, dass ich jedes Mal, wenn der Sohn der Verheißung den Elfenbeintasten sein Bild des Paradieses entreißt, nichts anderes höre. Und dann kehren die Stücke, die er gespielt hat, den ganzen Abend über zurück, wiederholen sich immer wieder in meinem Kopf, wie es häufig geschieht, wenn man aus einem Konzert kommt. Seltsamerweise verwandeln sie sich jedoch; durch die ständige Wiederholung verändern sie ihren Charakter, die Töne werden durch andere Töne ersetzt, der Rhythmus ändert sich, die Tonart ändert sich, und am Ende werden sie alle ein einziges Motiv, immer dasselbe. Es ist das Lied des Leiermanns, das Isaak in jener Nacht in der Unterkunft des Kommandanten spielte: »*Wunderlicher Alter, soll ich mit dir geh'n?*«

Ich habe es seit damals nicht mehr hören wollen, doch Sie sollten sich eine Aufnahme der *Winterreise* besorgen; ich nehme an, es gibt irgendwo jenseits dieser Nebelmauer noch immer Länder und Städte, in denen man Plattengeschäfte findet. Ich habe es nicht mehr hören wollen, und doch höre ich es ständig, vor allem wenn ich versuche, die Augen zu schließen, ohne die Wirkung der Medikamente abzuwarten. Ach übrigens, Doktor, was würden Sie davon halten, die Dosis zu erhöhen? Gestern war mir gegen Morgen, als würde ich anfangen zu träumen, und das hat mich so sehr erschreckt, dass ich nicht mehr einschlafen konnte.

NACHDEM SIE AM Tresen das übliche Bier bestellt hatte, ließ Nadine den zufriedenen und selbstbewussten Blick des Eroberers über die Tischchen des Red Lion wandern. Es hing nur von ihr ab, ob sie stehen blieb und mit dem Barkeeper plauderte, der, anstatt sie wie früher hastig zu bedienen, die Ellbogen auf den Tresen gestützt hatte und sich schon auf eine lange und interessante Unterhaltung freute, oder ob sie zu einer Gruppe von Gästen ging, die ihr von ihren Plätzen aus begierige Zeichen machten, sich zu ihnen zu setzen. Ja, die Dinge hatten sich tatsächlich geändert, seit ihr Lieblingspatient in den Rang eines Volkshelden aufgestiegen war; während die Gäste des Red Lion diese junge Auswärtige, die von wer weiß woher aufgetaucht war und durch ihre Hautfarbe noch fremder wirkte, früher eine gewisse Ablehnung hatten spüren lassen, behandelten sie sie jetzt geradezu wie eine Königin, überboten sich gegenseitig darin, sie mit Aufmerksamkeiten zu überhäufen, und rivalisierten mit einer Verbissenheit um ihre Gesellschaft, die sie immer wieder in Erstaunen versetzte, als hätte das außergewöhnliche Geheimnis, dessen Hüterin sie war, sozusagen mit einem Schlag jeden Unterschied zwischen ihrer schokoladefarbenen Haut und den milchigen und hochroten Teints der blühenden Dorfmädchen ausgelöscht.

Ob sie sich nicht vielleicht an den Kamin setzen wolle? Es sei ein kalter, ja eisiger Tag, doch sie seien daran gewöhnt und würden ihr gern ihren Platz überlassen. Und warum habe sie sich die Mühe gemacht, ein Bier zu bestellen, wo es ihnen doch eine Freude sei, sie dazu einzuladen, wie es zwischen guten alten Freunden Brauch sei? Nachdem sie ihnen gedankt hatte, setzte sich Nadine ans Feuer, behielt sich vor, später ein zweites Bier zu akzeptieren, und genoss fürs Erste das eigenartige und befriedigende Gefühl, das Heft in der Hand zu haben.

Doch wie sehr sie auch die Krankenschwester umschmeichelten, indem sie unvermutete Reserven an Liebenswürdigkeit mobilisierten, erzählte diese eher widerstrebend von ihrem Patienten. Nicht, dass sie sich etwa die Mahnungen hinsichtlich der Privatsphäre übermäßig zu Herzen genommen hätte, die ihre Lehrer im Krankenschwesternkurs bis zum Überdruss wiederholt hatten und die jetzt tagtäglich dem gesamten Klinikpersonal von der Anstaltsleitung eingehämmert wurden, nein, daran verschwendete sie so gut wie keinen Gedanken, überzeugt, dass sich jeder, der das Glück hat, berühmt zu sein, nichts mehr wünscht, als seine Berühmtheit bis zum Letzten auszukosten, indem er dafür sorgt, dass so viel wie möglich und mit einer Fülle von Einzelheiten über ihn gesprochen wird. Was sie zurückhielt, war allenfalls die stolze Zurückhaltung des Eingeweihten sowie die Umsicht dessen, der nicht sofort all seine Karten aufdecken will, und ein weiteres Gefühl, das sie nicht zu definieren vermochte, nämlich der unerklärliche, aber dennoch sehr deutliche Eindruck, dass der stumme Pianist, dessen Gesichtszüge in den Zeitschriften prangten, nicht genau der verwirrte Junge war, den sie am Strand gefunden hatte und um den sie sich täglich in jenem nüchtern eingerichteten Zimmer mit den weißen Wänden kümmerte. Er war derselbe und doch nicht derselbe. Der Erste war eine Persönlichkeit, die man mit Ehrerbietung betrachtete, auf die man von unten scheue und bewundernde Blicke richtete, während sie einen auf ihrem Podest überragte; der Zweite war eine bedrohte, verwundbare Kreatur, die hinter dem Schweigen eine Art verzweifeltes Bewusstsein zu verbergen schien. Und manchmal fühlte sie sich verpflichtet, dieses Schweigen zu respektieren, so wie man die vertraulichen Mitteilungen eines Freundes respektiert, auch wenn kein Wort darüber gefallen ist.

Daher lavierte sich Nadine an diesem Nachmittag eine gute halbe Stunde, so gut sie konnte, zwischen den wissbegierigen Gästen des Red Lion hindurch, bemüht, deren Neugier mit ein paar Auskünften zu befriedigen, die sie für harmlos hielt. Bereitwillig beantwortete sie alle Fragen über die Lieblingsgerichte des Patienten (er mochte kein Porridge, doch das reichte nach dem Urteil ihrer Zuhörer nicht aus, um unwiderlegbar zu beweisen, dass er ein Ausländer war) oder über seine musikalischen Darbietungen, die sie als »sublim« bezeichnete, womit sie ein Adjektiv wiederholte, das sie in einer Zeitschrift aufgeschnappt hatte. Als sie aber gefragt wurde, ob der Junge genauso aussähe wie auf dem Foto, beschränkte sie sich auf eine vage Handbewegung, eine Geste, die in dieser Gegend »nicht so sehr« bedeutete, für die exotische Erzählerin aber eine andere Bedeutung haben musste, da ihr, zur großen Enttäuschung der Zuhörerschaft, keinerlei Erklärung folgte, so dass alles in der Schwebe blieb, wie ein Satz, den man beginnt und nicht beendet.

Zwischen den Tischchen des Red Lion begann sich daraufhin die Meinung zu verbreiten, dass die junge Farbige etwas zu geheimnisvoll tat. Diese Leute, tuschelten sie, seien alle gleich: demütig und hilfsbereit, solange sie nicht anders konnten, aber nur allzu beflissen, ihr Verhalten zu ändern, ja sich gar wichtigzutun, sobald sich die Gelegenheit dazu bot. Und obwohl nichts davon an ihr Ohr drang, spürte Nadine doch sofort die neue kalte Welle, die ihr zwischen den holzgetäfelten Wänden des Raums entgegenschlug; sie spürte sie mit solcher Wucht, dass sie ihren Nachbarn einen flehenden Blick zuwarf. Niemand, sagte sie, um ihren guten Willen zu zeigen, sehe genauso wie auf einem Foto aus; allerdings sei der Patient recht fotogen, und jeder, der ihn auf dem Bild in den Zeitungen gesehen hätte, würde ihn ohne Zweifel erkennen, wenn er ihm begegnete.

Ihm begegnen? Das war eine gute Idee, und sie wurde von den Gästen mit geräuschvoller Begeisterung aufgenommen. In der Tat, was wäre logischer? Lebten sie nun im selben Dorf oder nicht? Und der stumme Pianist war gewiss kein tobender Irrer, der weggeschlossen werden musste und nicht an die frische Luft gelassen werden durfte … Warum also brachte Nadine ihn nicht einmal mit und gab auch ihm die Gelegenheit, in Gesellschaft ein Bier zu trinken? Sie würden sich sehr darüber freuen, schließlich käme es nicht alle Tage vor, dass man mit einer Berühmtheit zusammensitzt.

Bei diesem Vorschlag blieb Nadine die Luft weg, so verrückt und geradezu blasphemisch kam er ihr vor. Um einen Patienten mit nach draußen zu nehmen, versuchte sie zu erklären, brauche man eine spezielle Genehmigung der Klinikleitung, die einem aller Wahrscheinlichkeit nach nie erteilt werden würde, und ihr, die am kürzesten dort arbeite, erst recht nicht. Als sie die enttäuschten Gesichter der Zuhörer sah, schwieg sie und biss sich auf die Lippe, voller Reue darüber, dass sie sich unvorsichtigerweise zu einer solchen Bemerkung hatte hinreißen lassen. Sie hatte selbst ihr wankendes Prestige untergraben, mit dem überstürzten Rückzug, zu dem sie gezwungen wurde.

Tja, kommentierte einer mit eisiger Objektivität, wenn es nicht geht, dann geht es eben nicht. Pech für den armen Jungen, der in der Klinik eingesperrt bleiben müsse wie in einem Gefängnis, obwohl er keiner Menschenseele etwas zuleide getan und gewiss eine bessere Behandlung verdient habe. Und nach dieser empörten Bemerkung verlagerte sich das Gespräch auf Themen, die unmittelbar mit dem Leben der Dorfbewohner zu tun hatten, während Nadine unbeachtet in ihrer Ecke am Feuer saß und traurig den leeren Bierkrug abstellte, der ihr von niemandem mehr neu gefüllt wurde.

Auf Rosenthals Drängen hin habe ich mir eine Aufnahme der *Winterreise* besorgt, und gestern habe ich nach der letzten Visite den Abend damit verbracht, mir die Platte anzuhören. Unter uns gesagt, zunächst hat sie mich nicht allzu sehr begeistert, erst beim zweiten Anhören begann ich ihre schwermütige Verführungskraft wahrzunehmen. Denn der Weg, den eine verzweifelte Seele in eisiger Kälte zurücklegt, vermag eine ganze Menge Traurigkeit freizusetzen (und auch Kälte, eine so große, dass ich mich veranlasst sah, den Thermostat des Heizkörpers höher zu stellen). Aus dem Booklet der CD erfuhr ich, dass Schubert dieses Werk noch auf dem Totenbett korrigierte, und in der Tat ist die »Winterreise« eine langsame quälende Reise dem Nichts entgegen, die das Lied des Leiermanns mit seinem Rhythmus einer gespenstischen Litanei würdig beschließt. Als wäre der Komponist (und genau dieses Gefühl habe ich gehabt), indem er sie komponierte, schon auf der anderen Seite gewesen, jenseits der dicken Eisplatte, welche die beiden Welten trennt. Was hatte Rosenthal gesagt? »Wenn die Toten eine Stimme hätten, wäre es genau diese ...«, und ich konnte mich dieser Meinung nur anschließen, während die leeren Quinten, was immer das auch ist, im Zimmer nachhallten und zwischen den Wänden ihren düsteren und unerlösten Takt skandierten.

Ich weiß, anstelle meiner Bemerkungen über Rosenthal und seine musikalischen Obsessionen möchtest Du von mir lieber Neuigkeiten aus erster Hand über das Geheimnis des stummen Pianisten hören, das mittlerweile in den Augen der öffentlichen Meinung derart gigantische Ausmaße angenommen hat, dass der Gebrauch der Großbuchstaben sich erübrigt. Und Du hast ja recht, ich verstehe eine solche Ungeduld vollkommen, doch Tatsache ist, dass ich immer mehr zu der Überzeugung gelange, dass zwischen den beiden, dem Alten und dem Jungen, eine Bindung entstanden ist und dass der arme Rosenthal mit seiner Sensibilität eines kultivierten Melomanen und seiner furchtbaren Last an Erinnerungen dem Geheimnis gar nicht so fernsteht, wie es einem oberflächlichen Blick erscheinen könnte.

Was ich damit sagen will? Bitte frag mich nicht, denn ich wüsste nicht, was ich dir antworten sollte, wenn ich nicht diese verborgene Seelenverwandtschaft mit ihren ominösen überirdischen Wurzeln bemühen möchte, die unsere Gräfin X so gern hinter den banalsten menschlichen Beziehungen entdeckt. Es besteht kein Zweifel daran, dass die beiden sich vorher noch nie gesehen hatten, und auch jetzt kann ich nicht behaupten, dass sie sich in irgendeiner der gängigen Bedeutungen des Wortes »kennen« würden. Rosenthal hat niemals das Wort an den Jungen gerichtet (und das gilt natürlich auch umgekehrt), und keiner von beiden hat sich dem anderen jemals genähert oder irgendeine Art von Kommunikation mit ihm aufgebaut. Dennoch habe ich seit dem ersten Mal, von dem ich Dir sicher schon erzählt habe, häufig bemerkt, dass der Pianist wartet, bis Rosenthal da ist, bevor er zu spielen beginnt; und falls der Alte schon auf seinem Platz sitzt, wenn er den Raum betritt, wirft er ihm stets im Vorbeigehen einen Blick über die Halbkreise der Armsessel hinweg zu, einen forschenden Blick voller Fürsorge und tiefem, unbegreiflichem Schmerz.

Wohlgemerkt: Das ist ein Privileg, das er nur ihm gewährt.

Nicht ein einziges Mal habe ich gesehen, dass seine Augen denen der Gräfin begegnen, die ihn mit inbrünstigem Verlangen durch die halb geschlossenen Lider beobachtet, oder den leeren blauen Augen Lisas oder irgendeines anderen Auserwählten, und selbst mir ist es während der sogenannten Sitzungen noch nicht gelungen, länger als eine Sekunde seinen so flüchtigen Blick festzuhalten. Es scheint, dass allein Rosenthal nicht nur in den Genuss der ungewöhnlichen Aufmerksamkeiten des Jungen kommt, die ich Dir beschrieben habe, sondern dass er ihn auch ganz offen anschauen kann, ohne dass er hastig das Gesicht abwendet. Während des Konzerts sehen sich die beiden dann nicht mehr an, auch Rosenthal ist zu sehr in die Musik versunken, um auf die zarte Gestalt des Pianisten zu achten, und doch habe ich den Eindruck, dass zwischen ihnen, wie zwischen den Polen eines Kraftfelds, weiterhin ein geheimer Strom fließt.

Wenn Du eine plausible Erklärung für all das findest, dann lass es mich bitte wissen. Ich jedenfalls verstehe überhaupt nichts und beschränke mich darauf, täglich die Entwicklung dieses merkwürdigen stummen Austauschs zu beobachten, den ich, in Ermangelung eines besseren Wortes, als ihre Beziehung bezeichnen muss.

Auf dem Foto, das wir von ihm gemacht haben und das mittlerweile um die ganze Welt gegangen ist, hat der Junge wohl nicht die Zeit gehabt, den Blick abzuwenden; die Augen sind weit aufgerissen, starr auf das Objektiv gerichtet, mit dem Ausdruck eines dieser verängstigten Tiere, die manchmal von den Scheinwerfern unserer Autos überrascht werden. Man hat den Eindruck, er werde gleich die Flucht ergreifen oder sich zusammenkauern, um sich dem Beobachter zu entziehen. Zweifellos eine pathetische Pose, der vielleicht die außergewöhnliche Welle der Betroffenheit zuzuschreiben ist, die sein Schicksal ausgelöst hat. Stell Dir vor, eine Dame aus Yorkshire hat – vielleicht bestürzt über die Magerkeit des Jungen oder begierig, ihn mit ihrem bewährtesten Rezept zu trösten – doch tatsächlich eine Torte geschickt, die wir ihm ausgehändigt haben, nachdem die Krankenschwester Nadine sie pflichtgemäß gekostet hatte. Davon abgesehen werden wir von einer wahren Sintflut von Briefen überschwemmt – die meisten Sympathiebekundungen, häufig weitschweifig, zuweilen in Form von Gedichten (der Fall des stummen Pianisten scheint bei vielen eine schlummernde literarische Ader geweckt zu haben) –, die mit schicksalsergebener Geduld von unseren Sekretärinnen sortiert und anschließend in ein eigens dafür eingerichtetes Archiv verbannt werden; nur diejenigen, die möglicherweise eine Spur enthalten, die zur Lösung des Rätsels beitragen könnte, werden mir vorgelegt und gleichzeitig an die Polizeibehörden weitergeleitet, die sie mithilfe ihrer Ermittlungsmethoden auf ihre Glaubwürdigkeit überprüfen. Eine komplizierte Prozedur, wie Du siehst, und bis jetzt vollkommen erfolglos. Dennoch mustere ich, nachdem ich den Bericht eines dieser angeblichen Zeugen gelesen habe, eine Weile mit hoffnungsvollen Blicken den Patienten und suche in seinen Gesichtszügen nach einer unmöglichen Bestätigung: Ist er es etwa doch? Ist es vielleicht diesmal die richtige Spur?

Es war eine eiskalte Nacht im vergangenen Februar. Ich hatte Zuflucht in einer Metro-Station gesucht, aber es half alles nichts: Die Sperrstunde rückte näher, und die Männer des Wachdienstes jagten, ohne sich auf Diskussionen einzulassen, alle aus dieser angenehm warmen unterirdischen Höhle hinaus. Als ich wieder an der Oberfläche war, betrat ich daher eines der zahlreichen noch offenen Bistros im Quartier Latin und holte die Münzen, die ich an jenem Tag zusammengebettelt hatte, aus meiner Tasche, um mir etwas zu trinken zu kaufen, etwas sehr Starkes mit hohem Alkoholgehalt, das mir, wie ich hoffte, helfen würde, gegen die Kälte anzukämpfen.

Zum Glück hatte ich genug, um mir ein paar Gläschen zu genehmigen. Ich kippte sie eins nach dem andern am Tresen der Bar hinunter, während Kellner und Gäste sich gegenseitig darin überboten, misstrauische Blicke auf meinen verschlissenen Paletot, meinen ungepflegten grauen Bart und meine ausgetretenen Schuhe, kurz, auf alles zu werfen, was mich so sehr von den normalen Menschen unterscheidet, die hereinkommen, um nach dem Kino oder nach dem Theater noch einen Schluck zu trinken. Als ich alles Geld ausgegeben hatte, verließ ich freiwillig das Lokal, bevor es jemandem einfallen konnte, mir die Tür zu weisen, und ging mit jener Fröhlichkeit in Richtung Seine, in die der Alkohol mich noch immer zu versetzen vermag.

Draußen herrschte jetzt eine angenehme Wärme, zumindest kam es mir so vor. Um meinen Rausch auszuschlafen, setzte ich mich auf eine Bank hinter Notre-Dame, nur wenige Meter entfernt von ihren dicken Spinnenbeinen, die sich dunkel und bedrohlich ausstreckten und ein Schattennetz auf das Pflaster des Gartens warfen. Wie oft hatte ich im Frühjahr und im Sommer die Nacht hier auf einer dieser Bänke verbracht, im Schutz der alten grauen Steine, doch jetzt kam mir dieser Ort unheimlich und ungastlich vor mit seinen nackten Bäumen, die in der Eiseskälte fröstelten, ohne von einem Schluck Cognac getröstet zu werden.

Ich war so damit beschäftigt, diese Veränderung zu betrachten (während die Wärme, die ich verspürt hatte, allmählich verschwand wie die Stimme eines sich entfernenden Freundes und die Fröhlichkeit der üblichen Traurigkeit wich), dass ich den Jungen zuerst gar nicht bemerkte. Obendrein saß er im Dunkeln, verborgen vom Schatten der Kirche; doch plötzlich enthüllten mir die Scheinwerfer eines Autos, das über die Brücke fuhr und ihn beleuchtete, seine Gegenwart. Es war der Junge von dem Foto, und er starrte mich mit denselben weit aufgerissenen Augen an, in denen (ein Gedanke, der mir sofort kam) die Angst schon seit Langem zu Hause war.

Hatte er Angst vor mir? Einen Augenblick glaubte ich es und lächelte, um ihm zu zeigen, dass ich keine bösen Absichten hatte, doch er stierte mich weiterhin an, ohne den Gesichtsausdruck zu ändern. Da stand ich auf und ging ganz langsam, bemüht, ihn nicht zu erschrecken, auf seine Bank zu. Sein Blick blieb unbeweglich, starr auf denselben Punkt gerichtet, und ich begriff, dass er, während ich geglaubt hatte, er würde mich voller Schrecken anblicken, in Wirklichkeit einfach nur ins Leere starrte, in die eisige, neblige Dunkelheit vor ihm.

Umso besser, dachte ich; es hat mir noch nie gefallen, Leute in Angst zu versetzen. Mit neuem Mut beschleunigte ich meinen Schritt, und im nächsten Augenblick saß ich neben ihm. Ich kann nicht sagen, warum ich das Bedürfnis verspürt hatte, zu ihm zu gehen, mit ihm zu sprechen, ihm Gesellschaft zu leisten … Normalerweise bin ich alles andere als gesellig, und das Motto »Selbst ist der

Mann« war für mich immer eine unantastbare Wahrheit gewesen. Doch dieser Junge wirkte so verloren, so hilflos, dass es einen Stein erbarmen konnte, ganz zu schweigen von dem Alkohol, der häufig diese Wirkung auf mich hat, der mich liebenswürdig und sentimental macht, bereit, meinen Mitmenschen zu helfen. Ich bedauerte sogar, dass ich meinen Flachmann nicht bei mir hatte, den ich zu Beginn des Winters hatte verscherbeln müssen, um mir einen Schal zu kaufen; wenn ich ihn noch gehabt hätte, hätte ich ihm einen kräftigen Schluck angeboten, stattdessen beschränkte ich mich darauf, ihm ein paarmal auf die Schulter zu klopfen, was nicht die gleiche ermutigende Wirkung hat, wie ich aus Erfahrung weiß, und ich würde jedem widersprechen, der das Gegenteil behauptet.

Es gibt Fragen, die wir uns gegenseitig nicht stellen: »Wer bist du? Wie lautet dein Name, falls du dich noch daran erinnerst, oder deine Adresse, als du noch irgendwo gewohnt hast?« Nein, das sind lauter taktlose Fragen, die wir einem Leidensgenossen niemals stellen würden. Man fragt eher: »Hast du gegessen?«, oder: »Wo hast du die Nacht verbracht?«, Fragen, mit denen man, ohne den Eindruck zu erwecken, seine Nase in alles zu stecken, sein Interesse zeigen und vielleicht einen nützlichen Informationsaustausch einleiten kann. Und so fragte ich den Jungen, wo er die Nacht zu verbringen gedenke, doch vielleicht war er damals schon stumm, denn seine ganze Antwort war ein Achselzucken, als wollte er sagen: »Wer weiß«, oder: »Wen juckt das?« In diesem Alter, das muss man leider sagen, sind sie noch ziemlich gedankenlos und haben noch nicht gelernt, sich im Leben durchzulavieren.

Ich erklärte ihm, dass man die Sache keineswegs auf die leichte Schulter nehmen dürfe; diese Nacht sei zu klirrend kalt, um sie auf einer Bank oder auf dem Trottoir verbringen zu können. Da er nicht wisse, wohin er gehen solle, könnten wir doch zusammen eine Bleibe suchen, vielleicht etwas außerhalb, am Stadtrand. Natürlich sei es ein ziemlicher Fußmarsch, aber wenn die Vorstellung ihn nicht abschrecke, würde ich einen Ort kennen, wo es eine Menge unbewachter Schuppen und Lager gebe, und ihn dorthin begleiten, und mit etwas Glück würde sich immer ein Weg finden, irgendwo unterzuschlüpfen.

Der Junge nickte zustimmend und stand als Erster von der Bank auf. Folgsam und stumm wie ein Schaf, das dem Schäfer hinterherläuft, folgte er mir kilometerweit auf dem Gehsteig der Seine-Promenade, die Augen immer noch weit aufgerissen und geblendet von den Scheinwerfern der Autos, die auf dem Asphalt vorbeiflitzten, bis wir das traurige Verheißene Land erreichten, das ich ihm beschrieben hatte: ein ehemaliges Industriegebiet, in dem viele Fabriken dichtgemacht hatten und die verlassenen Hallen stehen geblieben waren, in Schlaf versunken im Schatten ihrer erloschenen Schornsteine und darauf wartend, dass sie vielleicht einmal in Luxusapartments umgewandelt würden.

In Wirklichkeit war ich niemals dort gewesen, ich hatte lediglich von einem Kollegen davon gehört, und jetzt versuchte ich mir alle Einzelheiten seines Berichts ins Gedächtnis zu rufen, um sicher meinen Weg zu finden und unangenehme Zwischenfälle zu vermeiden. Er hatte eine Lagerhalle erwähnt, wenn ich mich recht erinnerte, doch Lagerhallen gab es dort jede Menge, immer neue Reihen von Glasdächern, die im Mondlicht glitzerten, säumten die Trottoirs. Aus manchen Höfen drang, als wir daran vorbeigingen, plötzliches wütendes Gebell zu uns, und von ihnen hielten wir uns natürlich fern, denn niemand lässt sich gern von Hunden zerfleischen; in anderen waren Lastwagen oder Kleintransporter geparkt, was darauf hindeutete, dass dort noch gearbeitet wurde und man den Besuch eines Nachtwächters fürchten musste. Kurz, die Wahl war nicht einfach. Am Ende entschied ich mich für eine Halle, die ziemlich baufällig wirkte, deren Hof von Unkraut überwuchert war und die von einem wackligen verrosteten Gitter umzäunt wurde. Zudem herrschte eine überaus beruhigende Stille, als gäbe es dort wirklich nichts mehr, wofür ein Wachhund seine Kräfte verausgaben müsste.

Über das Gitter zu klettern war ein Kinderspiel, besonders für den Jungen, der den Vorteil der Jugend genoss; ich musste mich etwas mehr anstrengen, doch mit seiner Hilfe gelang es mir, mich wohlbehalten auf der anderen Seite des Zauns hinunterzulassen, und kaum hatte ich das Gleichgewicht wiedererlangt, näherte ich mich einem großen Fenster, um hineinzublicken. Alles war finster, doch dank des Mondes und des Lichts der Laternen, das von der Straße zu uns drang, konnte ich eine Reihe großer Umrisse erkennen, Möbel, wie es schien, die dicht an dicht auf dem Linoleumboden standen. Die Halle wurde also als Lager genutzt, und das gefiel mir natürlich nicht besonders; doch meine Beine waren mittlerweile müde, und die Kälte wurde immer schlimmer, weshalb ich, als ich eine Tür fand, beschloss, die Klinke hinunterzudrücken, und da sie meinem Druck nachgab, schlüpfte ich ins Innere.

Der Junge folgte mir, wie immer. Wir standen jetzt in einem großen staubigen Raum zwischen den dunklen Reihen, die im Dämmerlicht glänzten. Anfangs wusste ich nicht so recht, um was es sich handelte, doch der Junge begriff sofort, und auch ich begriff, als ich sah, dass er den Deckel eines dieser Dinger öffnete und eine glänzende Reihe von Tasten zum Vorschein brachte.

»Lass das«, sagte ich zu ihm, »je weniger wir berühren, desto besser«, denn auch wir wissen, was gutes Benehmen ist, und wenn wir die Nacht an einem Ort verbringen, legen wir Wert darauf, ihn so ordentlich zu hinterlassen, wie wir ihn vorgefunden haben. Doch er hörte nicht auf mich. Noch bevor ich meinen Satz beendet hatte, saß er schon auf einem Schemel (den er weiß der Teufel wo hervorgeholt hatte) und begann zu spielen, aber auf eine Weise, dass mir der Tadel auf den Lippen erstarb, denn dieser Junge verstand wahrhaftig sein Handwerk, und hatte bestimmt nicht zum ersten Mal etwas so kompliziertes unter seinen Fingern.

Was er spielte, weiß ich nicht; ich habe den vagen Verdacht, dass es Beethoven war, aber ich verstehe zu wenig davon, um es mit Sicherheit sagen zu können. Jedenfalls war es wunderschön, etwas, das das Herz schneller schlagen ließ und einen wärmte wie ein guter Schluck Cognac. In einer Ecke fand ich einen Eisenstuhl und setzte mich, um meinen Beinen etwas Ruhe zu gönnen, während ich das Konzert genoss, vor allem aber auch, um den Jungen nicht zu stören, der vielleicht zu spielen aufgehört hätte, wenn ich näher gekommen wäre oder begonnen hätte, im Lager umherzugehen. Ich fühlte mich auf einmal befangen in Gegenwart dieses Jungen, den ich durch ganz Paris geschleift hatte wie ein auf der Straße aufgelesenes Hündchen. Er kam mir jetzt nicht mehr so verloren und hilflos vor, im Gegenteil, in seiner Anwesenheit hatte ich die gleiche Empfindung, die man verspürt, wenn man plötzlich vor einer mächtigen Person steht. Ja, es lag eine unglaubliche Macht in seinen Händen, die weiterhin über die Tasten liefen, als seien sie dafür geschaffen, als hätten sie seit Anbeginn der Welt nichts anderes gemacht, eine Macht, die so groß und wohltuend war, dass ich, während ich zuhörte, zu keiner Zeit Angst hatte, eine Polizeistreife könnte auftauchen, aufmerksam gemacht durch den Klang des Klaviers. Und Polizisten gab es auch gar nicht in jener Welt, in die die Musik mich entführt hatte. Sicher, es gab den Schmerz, aber einen Schmerz ohne Elend, voller Adel und Mitgefühl, wie ihn vielleicht ein Gott empfinden könnte, wenn er hinabblickt in dieses Jammertal.

Doch lassen wir das besser. Man hat mir nie die Worte beigebracht, um eine solche Erfahrung zu beschreiben, einmal angenommen, dass man sie überhaupt in Worte fassen kann. Zumindest nicht in meiner Sprache, nicht in der Sprache, in der man auf der Straße um Almosen bittet oder am Tresen eines Bistros etwas zu trinken bestellt, und auch nicht in der arroganten, selbstsicheren Sprache, die die anderen benutzen, um mir zu sagen, ich solle sehen, dass ich weiterkomme. Wenn das Sprechen ist, dann tat mein jun-

ger Begleiter zweifellos gut daran, den Mund nicht zu öffnen und sich stattdessen auf das Spiel seiner Finger zu verlassen. Und in der Tat hatte ich, während die Stunden vergingen unter den hohen Eisenträgern des Lagers, die ganze Zeit das Gefühl, dass er mir auf seine Weise einen langen Vortrag hielt, den ich in all seinen Nuancen zu verstehen vermochte, auch wenn ich nicht imstande war – und es noch immer nicht bin –, ihm eine genaue Bedeutung zu geben. Es war eine Art intimes und herzzerreißendes Bekenntnis, das zwischen diesen nackten Wänden mit dem Glanz der Wahrheit erstrahlte, aber ich kann nicht sagen, ob es ihn oder eher mich betraf oder vielleicht uns beide oder keinen von uns. Es erzählte von Emotionen und Gefühlen, die ich erkannte, ohne sie selbst empfunden zu haben, und die jeder sofort erkennen würde, da sie in jedem von uns schlummern wie ein Schatz, der darauf wartet, ans Tageslicht geholt zu werden.

Es wurde immer kälter, und ich bemerkte, dass der Junge zitterte in seiner zu dünnen Jacke; dennoch hörte er nicht auf, mit der Leidenschaft eines Besessenen zu spielen, wobei er sich kaum eine Pause zwischen den einzelnen Stücken gönnte. Er spielte noch immer, als die Dunkelheit der Nacht, die durch die großen Fenster drang, allmählich einem verblichenen Grau wich; der Morgen dämmerte, und keiner von uns beiden hatte ein Auge zugetan. Es kostete mich eine gewisse Mühe, mich aus diesem Zauber zu lösen, und ich ging zu dem Jungen, um ihm freundlich eine Hand auf den Rücken zu legen. Da hörte er sofort zu spielen auf und sah mit leerem Blick zu mir auf, in dem gleich danach wieder dieser Ausdruck der Verlorenheit und Hilflosigkeit erschien, der mich so bestürzt hatte, als ich ihn im Garten hinter Notre-Dame gesehen hatte. »Es ist Zeit zu gehen«, sagte ich zu ihm, und er folgte mir gehorsam wie ein Hündchen, nachdem er einen kurzen Moment auf der Schwelle stehen geblieben war, um einen letzten Blick auf die langen Reihen der Flügel zu werfen.

Als sie nach dem Tee in sein Zimmer trat, sah Nadine, dass der Patient die Torte kaum probiert hatte; gut die Hälfte des Stücks lag noch auf dem Teller. Dabei hatte sie sie ausgesprochen köstlich gefunden … Wer weiß, wie sehr es jene mildtätige Dame aus Yorkshire kränken würde, wenn sie wüsste, dass ihr Geschenk auf so wenig Gegenliebe gestoßen war. Sie schüttelte missbilligend den Kopf, stellte Tasse und Teller auf das Tablett und richtete dann den Blick auf den jungen Mann. Er stand vor dem Fenster, die Stirn gegen die Scheibe gedrückt, vielleicht betrachtete er durch die Gitterstäbe hindurch die dunkle, mit Reif bedeckte Fläche des Parks, und als Nadine ihn so sah, spürte sie erneut die Ratlosigkeit in sich hochsteigen, die sie seit Tagen zu unterdrücken versucht hatte.

Ja, die Gäste des Red Lion hatten so unrecht nicht, wenn sie die Klinik mit einem Gefängnis verglichen; schon die Gitterstäbe an den Fenstern rechtfertigten diesen Vergleich. Ein Luxusgefängnis zweifelsohne, in dem die Häftlinge mit jeder erdenklichen Rücksicht behandelt wurden und in dem man niemals das Klirren von Ketten oder das grausame Geklingel von Handschellen hörte, aber dennoch ein Ort, den man, wenn man erst einmal drin war, nicht verlassen konnte, bevor man seine Strafe vollständig verbüßt hatte. Nur einigen Privilegierten war es vergönnt, zwar nicht frei, aber doch zu genau festgelegten Zeiten zu kommen und zu gehen. Nadine hatte sich nie gefragt, nach welchen Kriterien ein solches

Privileg gewährt wurde; das war Sache der Ärzte, gewiss nicht ihre, so wie es Sache der Ärzte war, die Medikamente zu verschreiben, die sie zu verabreichen hatte, ohne weiter darüber nachzudenken. Jetzt jedoch, nach jenem Nachmittag im Red Lion, konnte sie nicht umhin, es für ungerecht zu halten, dass gerade er, der stumme Pianist, der mit Abstand berühmteste Patient der Klinik, von diesem Privileg ausgeschlossen war; und wenn auch sein Ruhm nicht ausreichte, ihm die Absonderung zu ersparen, dann müssten doch wenigstens die absolute Fügsamkeit und Sanftheit, die er stets gezeigt hatte, eine größere Nachsicht nahelegen.

Ich möchte zu gern wissen, weshalb sie Angst haben, ihn hinauszulassen, fragte sie sich, während sie eine Vitamintablette in einem Glas auflöste. Er ist sicher keiner, der alten Mütterchen die Kehle durchschneidet oder die Flucht ergreift, auch wenn ich das an seiner Stelle in Erwägung ziehen würde. Und dass er keinen Appetit hat, dass er sogar die Torte zurückweist, welche die Dame aus Yorkshire mit solcher Meisterschaft zubereitet hat, ist nach dieser langen Gefangenschaft nicht weiter verwunderlich; die Tiere in den Zoos reagieren, wie sie gelesen hatte, genauso, sie werden immer trauriger in ihren Käfigen, bis sie schließlich sterben.

Sie nahm das Glas und ging zu dem Patienten, der mit seinem Atem die Scheibe beschlagen hatte und sich jetzt damit amüsierte, mit der Fingerspitze Zeichen zu malen. »Sich amüsierte«, wie man eben so sagt, denn er wirkte so niedergeschlagen, dass Nadine ganz aufgewühlt war vor Mitgefühl, was sie jedoch nicht daran hinderte, mit einer gewissen Neugier die Zeichen genauer zu betrachten, in der Hoffnung, der Junge hätte sich endlich entschlossen, seinen Namen zu schreiben. Doch es handelte sich nicht um Buchstaben, sondern um eine Reihe paralleler Linien, übersät mit kleinen

Pünktchen, von denen einige mit einer Art Schwanz oder Federbusch versehen und andere wie die Beine eines Tisches mit dicken horizontalen Linien verbunden waren. Sogar Nadine hatte, obwohl sie keine Expertin war, genug Ahnung, um zu wissen, um was es sich handelte.

»Es gibt wirklich nichts anderes für dich, hm? Nichts anderes als die Musik?«, sagte sie und berührte seine Schulter, um ihn zu veranlassen, sich zu ihr umzudrehen.

Der Junge gab keine Antwort, nicht einmal mit einer Bewegung seines Kopfes. Er beschränkte sich darauf, der Krankenschwester einen Moment tief in die Augen zu blicken, dann nahm er das Glas und begann die Vitamine zu trinken. Nein, es gibt nichts anderes, dachte sie und unterdrückte einen Anflug von Ärger; deswegen ist er so blass und abgezehrt, und deswegen gelingt es ihm nicht, seine Krankheit, welche auch immer, zu überwinden. Die Musik zehrte ihn Tag für Tag auf, zerrüttete seine Gesundheit und seine Menschlichkeit, isolierte ihn von den anderen und umgab ihn mit einem Schützengraben der Einsamkeit. Verglichen damit hatten die Gitterstäbe keine Bedeutung; Nadine erkannte jetzt mit absoluter Klarheit, was sein wirkliches Gefängnis war, und ihr wurde bewusst, dass sie es immer schon geahnt hatte, vom ersten Tag im Wintergarten an, als sie gesehen hatte, wie er sich plötzlich allem und allen entfremdete, um in jene wunderbare Welt einzutauchen, zu der ihr der Zugang verwehrt war. Daher war der Flügel für sie auch immer etwas Böses gewesen, eine feindliche und überwältigende Macht, die mit gleichwertigen Waffen bekämpft werden musste.

Ja, aber mit welchen? Nachdenklich nahm Nadine ihm das Glas ab, um es auszuspülen, während langsam, zögernd ein Lächeln auf ihren Lippen erschien.

GESTERN HAT UNSER Pianist sich Schumann gewidmet: *Papillons* und *Kinderszenen*, dem Programmzettel zufolge, den Rosenthal mir nachgeliefert hat, und vielleicht wäre diese Spielzimmeratmosphäre mir absolut liebreizend und heiter vorgekommen, wäre nicht die beunruhigendste meiner Patienten anwesend gewesen, die, ganz ins Zuhören vertieft, nur einen Schritt von mir entfernt saß: Mrs. Doyle. Ich habe sie schon erwähnt, Dir aber nähere Einzelheiten erspart. Sie hatte die Hände im Schoß gefaltet und rieb sie immer wieder, wenn die Bewegung der Musik an ein Karussell oder einen traumverlorenen Ringelreihen erinnerte, wobei sie ihre Fingernägel geradewegs in die Handflächen bohrte. Sie kratzte sich blutig, verstehst Du, so sehr, dass ich von meinem Platz aus sehen konnte, wie kleine rote Tropfen auf ihrer blassen aufgeschwemmten Haut erschienen; dennoch verzichtete ich darauf einzugreifen, denn ich wusste nur zu gut, welche Gedanken sich in dieser Geste leichter Selbstverstümmelung ein Ventil suchten.

Doch auch ohne diese düsteren Assoziationen, welche die Frau in mir auslöste, hätte ich vermutlich, während ich den musikalischen Abschweifungen lauschte, die der Pianist mit kunstvollem Anschlag von seinem Podium aus in den Saal schickte, wahrgenommen, wie die Schatten im Spielzimmer tiefer wurden, als verberge sich hinter der scheinbaren Unschuld eine hartnäckige Schwermut, die von Zeit zu Zeit ans Licht kam und die Idylle in einen verdrängten Albtraum verwandelte: die Schwermut der Puppen mit der leeren Leblosigkeit ihrer Glasaugen in den affektierten, maskenhaften Gesichtern, die Schwermut abgewetzter Plüschbären, die vergessen in einem Schrank liegen, oder gar (auch Du wirst derartige Erinnerungen haben) die Atmosphäre tiefer Verlassenheit, die an den spielfreien Tagen um einen Zirkus herum herrscht.

Schumanns Kindheit – mag sie glücklich oder zutiefst unglücklich gewesen sein, um diese erstarrten Spukbilder zurückzulassen? In Wirklichkeit weiß ich gar nichts über sein Leben, abgesehen von der Tatsache, dass er in einer Irrenanstalt endete, was ihn mir, nebenbei gesagt, in gewisser Weise vertrauter macht als alle anderen Komponisten, weil sie eine Verbindung zwischen seiner Welt und derjenigen schafft, in der ich mich tagtäglich bewege. Ja, während des Studiums habe ich vermutlich sogar einen Artikel über seine Krankengeschichte gelesen, aber ich fürchte, dass er mich damals nicht sonderlich interessiert hat, während ich mir heute wünschte, ich könnte mich besser an seinen Inhalt erinnern. Ich glaube, in der letzten Zeit seines Lebens hörte er unablässig eine Musik in seinem Kopf, die mal engelsgleich war und dann wieder von einem Chor von Teufeln intoniert wurde, die ihm unter Hohngelächter mit den schrecklichsten Qualen drohten, und manchmal frage ich mich, ob unser Pianist nicht von ähnlichen Obsessionen verfolgt wird, ob nicht auch er den Kopf zum Bersten voll hat mit Tönen, was sein bestürztes Aussehen und seine vollständige Unzugänglichkeit für jede andere Stimme erklären würde.

Diese Überlegungen sind, wie ich zugeben muss, nicht sehr professionell, und mit Sicherheit erwartest Du eine vollkommen andere Analyse von mir, nach den strengsten und bewährtesten Grundsätzen unserer Wissenschaft; dennoch bitte ich Dich, nicht die Augenbrauen hochzuziehen, wie Du es einem unbegabten Schüler oder einem Kollegen gegenüber tun würdest, der Dir mit einer verrückten Diagnose käme. Denn verstehst Du, ich fange an zu begreifen, was es bedeutet, den Kopf voller Musik zu haben, auch wenn ein solches Syndrom möglicherweise keinen Platz in der Literatur findet und ihm mit den üblichen therapeutischen Mitteln nicht beizukommen ist. Hier in der Klinik leiden viele daran, seit dieser merkwürdige Junge mit seinen magischen Künsten bei uns aufgetaucht ist, um uns Abend für Abend einen Balsam oder ein überaus süßes heimtückisches Gift – so genau könnte ich das gar nicht sagen – einzuflößen. Jedenfalls ist es eine ansteckende Krankheit, so viel kann ich mit Sicherheit sagen, aber natürlich reagiert jeder Organismus auf seine Art darauf und lässt sich unterschiedlich stark damit infizieren. Rosenthal beispielsweise hat vollkommen kapituliert, und das Gleiche gilt für die Gräfin, während die Krankenschwester Nadine, trotz der Sympathie, die sie für ihren Patienten empfindet, tapfer Widerstand leistet. Seit einiger Zeit bemerke ich, dass sie viel mehr auf ihr Äußeres achtet, unter dem aufgeknöpften Kittel die kokette Kleidung trägt, die sie bis dahin ihren freien Abenden vorbehalten hatte, und schon am frühen Morgen sorgfältig geschminkt erscheint und eine äußerst komplizierte Frisur aus Bändern, Zöpfchen und kleinen farbigen Perlen trägt, wobei ich nicht weiß, ob sie damit ihrer Herkunft die Ehre erweist oder einer ethnischen Mode folgt, die sie aus irgendeiner Zeitschrift hat. Wie dem auch sei, ich habe den Verdacht, dass dieser scheinbar so unschuldige weibliche Stil in Wirklichkeit eine Art Kampfrüstung ist, wie die Helme, die Harnische, die schweren Beinschienen, mit denen die Krieger des Mittelalters sich gegen die Schläge der Feinde wappneten; und wer weiß, ob die Benutzung eines Lippenstiftes oder die Wahl der provokantesten Bluse aus dem Schrank nicht tatsächlich eine wirksame Abwehr gegen die Angriffe der Musik ist, ein Weg, ihren Sog zu besiegen, indem man sich fest an die Oberfläche seines eigenen Wesens klammert.

Was Mrs. Doyle betrifft, so läuft sie wie gewohnt schlampig herum, in diesen ewigen Schottenröcken und an den Ellbogen ausgebeulten Strickjacken, und trägt gerade mal einen Hauch Puder auf ihrem sommersprossigen Gesicht; dennoch bin ich, seit ich gesehen habe, wie sie sich die Hände blutig kratzte, überzeugt, dass auch sie zur Schar der Widerständler zählt.

SCHON SEIT GERAUMER Weile betrat ich das Zimmer des Jungen nur noch ungern, vor allem, wenn mein Mann nicht zu Hause war. »Doyle«, ermahnte ich ihn auf der Schwelle, »bitte versuche, nicht zu spät zu kommen«, doch manchmal kam er trotzdem spät nach Hause, wegen der Arbeit, und ich wartete im Wohnzimmer auf ihn, knabberte Kartoffelchips und betrachtete die Möbel, die ihre Schatten nach und nach über das von Bohnerwachs glänzende Holz des Parketts ausbreiteten. Von dort, aus jenem Zimmer, drangen leise Geräusche, die meine Nerven aufrieben wie Sandpapier. Einst hatte ich sie gern gehört, denn es waren die Geräusche meines spielenden Sohnes gewesen, fröhliche, angenehme Geräusche, bevor sich plötzlich alles auf so unverständliche Weise verändert hatte; von dem anderen, von der fremden Kreatur, die seinen Platz eingenommen hatte, konnte ich nämlich buchstäblich nichts ertragen, nicht einmal ein Husten oder das leise Kreischen der Spieldose, die ihm in den langen Stunden der Einsamkeit Gesellschaft leistete. Andere Geräusche machte er nicht; er war schlau und hatte gelernt, auf der Hut zu sein. Doch mit dieser vermaledeiten Spieldose erinnerte er mich in jedem Augenblick an seine Gegenwart, eine widerwärtige Gegenwart, die zu vergessen ich mich vergeblich bemühte.

Verstehen Sie mich nicht falsch, Doktor, ich bin kein Dummkopf und habe den Märchen über Kobolde, die die Kinder aus den Wiegen rauben und gegen ihre missgebildete

Brut austauschen, nie Glauben geschenkt; doch als ich nach der Krankheit und dem langen Krankenhausaufenthalt wieder nach Hause kam, bemerkte ich sofort, dass dieses kleine hüpfende Wesen, das mich auf der Schwelle empfing, nicht mein Sohn war, auch wenn er ihm in allem ganz und gar glich und ich keinen Unterschied feststellen konnte. Glauben Sie mir, es war nicht mein Sohn, da war ich mir sicher und bin es noch heute. Die Art, wie er mich anblickte, mich anlächelte, das leicht zitternde Stimmchen – alles schien vollkommen identisch zu sein, doch um mich von der Wahrheit zu überzeugen, hätte der Ekel genügt, der mich unwillkürlich jedes Mal packte, wenn er mich zu berühren versuchte. Eine Mutter spürt so etwas, glauben Sie nicht? Eine Mutter könnte niemals angeekelt sein vom körperlichen Kontakt mit ihrem eigenen Kind, während sie instinktiv erkennt, wenn es gegen ein anderes ausgetauscht wird, und dann empfindet sie in der Tat Entsetzen und Abscheu gegenüber dem Eindringling, der sich anmaßt, ihre Liebe zu beanspruchen.

Eines Abends versuchte ich es Doyle zu erklären, doch er hielt es wohl für einen Scherz, denn er unterbrach mich schon bei den ersten Worten mit Gelächter. Von seinem Hochstuhl aus blickte uns der fremde Junge mit listigen Äuglein an, in denen ein triumphierendes Licht leuchtete, und da wurde mir klar, dass es zu spät war, dass das kleine Monster sich bereits die Gunst meines Mannes erschlichen und ihn mit seiner trügerischen Ähnlichkeit eingewickelt hatte. Auch wenn es mir gelungen wäre, ihm die Wahrheit zu erklären, hätte er mir nicht geglaubt, vielleicht hätte er mich, völlig hörig dem falschen Sohn, der sich jetzt als Hausherr in der ganzen Wohnung aufspielte, schlichtweg für verrückt gehalten. Ich war allein, Doktor, vollkommen allein mit meinem Wissen, und ich konnte nichts anderes tun, als so weit wie möglich jeden Kontakt mit diesem abscheulichen Geschöpf zu vermeiden.

Wenn Doyle zu Hause war, tat ich so, als sei alles in Ordnung (das war angesichts der Umstände das Vernünftigste, was ich tun konnte), doch kaum war er gegangen, schloss ich den Jungen in sein Zimmer ein und öffnete die Tür nur einen Spalt, wenn es Zeit zum Essen war, um nicht nur ein Glas Wasser und ein Stück Brot hineinzuschieben, sondern auch etwas Schmelzkäse und einen Teller Gemüse... mit einem Wort, ich gab ihm genau dasselbe Essen, das ich meinem Sohn serviert hätte; ich brachte es einfach nicht übers Herz, selbst ein solches Geschöpf verhungern zu lassen, ganz zu schweigen von der Tatsache, dass Doyle es möglicherweise bemerkt hätte, wenn der Junge allzu sehr abgemagert wäre, und, verhext, wie er war, eingegriffen hätte. Ansonsten hatte ich keinen Grund, mir Sorgen zu machen; ohne dass ich ihm ausdrücklich befehlen musste zu schweigen, erzählte das kleine Monster Doyle nie, was vor sich ging, wenn er nicht da war. Überhaupt sprach er jetzt sehr wenig und stotterte auf nervtötende Weise, was mein Sohn niemals getan hatte.

Vielleicht hätte diese Situation sich endlos hingezogen, wäre da nicht die Spieldose gewesen. Ich glaube, ich habe bereits erwähnt, dass sie mir auf die Nerven ging, und an jenem Tag war ihr Kreischen so durchdringend, dass es sogar durch die geschlossene Tür drang, so quälend mit ihrem immer gleichen Motiv, dass ich wirklich das Gefühl hatte, verrückt zu werden. Ich drehte daraufhin das Radio auf, aber trotzdem hörte ich sie noch, als sei sie in meinen Kopf eingedrungen, um mich benommen zu machen und mich meiner Ruhe zu berauben, bis ich die Geduld verlor und beschloss, sie um jeden Preis zum Schweigen zu bringen.

Es gefiel mir gar nicht, dort hineinzugehen, in die Höhle

des Monsters, ja, diese Aussicht bestürzte mich geradezu, doch ich schaffte es, meinen Widerwillen zu überwinden, drehte mit fester Hand den Schlüssel im Schloss und öffnete die Tür. Ich sah ihn sofort. Er saß mitten im Zimmer auf dem Boden, damit beschäftigt, die verfluchte Spieldose zum x-ten Male aufzuziehen. Sobald er meine Gegenwart bemerkte, ließ er sie fallen und richtete jene Äuglein auf mich, die für Doyle schön und sanft waren, für mich jedoch unverkennbar böse, zwei höllisch glühende Kohlestücke, die mich verwundert anstarrten. Er hatte Angst, das begriff ich gleich; als ich eintrat, zog er sich sogar in den hinteren Teil des Zimmers zurück, als sei ihm der Gedanke durch den Kopf geschossen, sich unters Bett zu flüchten. Wäre er mein Sohn gewesen, Doktor, hätte er mit Sicherheit keine Angst vor mir gehabt, und daher verstand ich dieses Entsetzen als ein dreistes Bekenntnis; dieses kleine Ungeheuer bemühte sich nicht einmal mehr, sich zu verstellen, sondern zeigte ganz offen seinen Hass und seine Fremdheit.

Ich zwang mich, ihn nicht anzusehen, während ich ins Zimmer trat, um die Spieldose an mich zu nehmen. Wenn ich Ruhe bewahren wollte, musste ich ihn so weit wie möglich ignorieren, und daher blickte ich zu dem Regal hinter seiner widerwärtigen Person, in dem die Soldaten, die Autos, die Plüschtiere standen – kurz, all das Spielzeug, das ich für meinen Sohn in den wenigen Jahren gekauft hatte, die er bei mir gewesen war –, und als ich es sah, empfand ich einen solchen Schmerz, dass ich die Spieldose vollkommen vergaß. Ich blieb stehen, mitten im Zimmer, Tränen trübten meinen Blick, und ich verspürte einen stechenden Schmerz im Magen.

Vielleicht wäre ich nach einem Augenblick auf den Flur hinausgegangen, um jener Qual zu entfliehen, hätte das kleine

Monster nicht just da meine Aufmerksamkeit wieder auf sich gelenkt, indem es zu mir kam und meine Hand nahm, als wollte es mich trösten. Ich stieß es natürlich zurück und schleuderte es mit voller Wucht gegen das Bett. Der Junge begann zu schreien, aus Leibeskräften zu schreien, als er fiel und mit dem Kopf gegen die Bettkante prallte; er schrie so laut, dass ich mir die Ohren zuhalten musste, doch ich hörte ihn trotzdem, so wie ich die Spieldose trotz des lauten Radios gehört hatte. Er schrie ununterbrochen und fuhr sich mit seinen grässlichen feisten Händchen über die blutige Stirn, und seine Stimme war alles andere als die Stimme eines Kindes; es war die Stimme eines Dämons, Doktor, der alle Mächte der Hölle gegen mich zu Hilfe rief.

Als mir das bewusst wurde, handelte ich unverzüglich. Ich lief zum Bett, packte ein Kissen und drückte es auf das Gesicht des kleinen Monsters, lange und mit aller Kraft. Vielleicht wollte ich zunächst nur diesen Schrei ersticken, doch als ich erst einmal angefangen hatte zuzudrücken, konnte ich nicht mehr aufhören; ich machte weiter und stieß seinen Kopf gegen die Bettkante, während er sich wehrte und mit seinen drallen Armen blind um sich schlug, bis sie herabfielen und nach einem letzten Zucken aufhörten, sich zu bewegen. Darauf ließ ich das Kissen los, ohne es allerdings wegzunehmen, so dass sein Gesicht bedeckt blieb; dann verließ ich das Zimmer, schloss die Tür ab und kehrte ins Wohnzimmer zurück.

Ich sah mir gerade eine Fernsehshow an, als Doyle nach Hause kam. Schon in der Diele fragte er nach dem Jungen, überrascht, dass er ihm nicht wie sonst entgegenhüpfte, doch ich sagte zu ihm: »Ein bisschen Geduld, ich werde dir alles erzählen«, führte ihn ins Wohnzimmer und forderte ihn auf, sich neben mich aufs Sofa zu setzen. Und ich erzählte ihm wirklich alles, von Anfang an: den Verdacht, den ich hinsichtlich dieses Simulanten gehegt hatte und der zur Gewissheit geworden war, die Vorsichtsmaßnahmen, die ich ergriffen hatte, wenn ich allein zu Hause war, um mich vor ihm zu schützen, und schließlich den glücklichen Zwischenfall, der uns von ihm befreit hatte. Diesen konnte ich ihm allerdings nicht mehr vollständig erzählen, denn während ich noch sprach, stand Doyle plötzlich auf, keuchte, als bekäme er keine Luft mehr, und stürzte zum Zimmer des Jungen. Gleich darauf hörte ich, wie sich der Schlüssel im Schloss drehte, stand ebenfalls auf und ging zu ihm. Von der Schwelle aus sah ich, dass er vor dem Bett kniete, über den Körper des kleinen Monsters gebeugt; das blutige Kissen lag neben ihm auf dem Boden. Ich näherte mich auf Zehenspitzen, um ihn nicht zu stören; zweifellos brauchte er etwas Zeit, um zu begreifen, was geschehen war, um über meine Worte nachzudenken und sich zu überzeugen, dass ich vernünftig gehandelt hatte. Ich bin eine verständnisvolle Frau, Doktor, bin es immer gewesen. Als aber ein paar Minuten vergangen waren und er sich noch immer nicht rührte und kein Wort sagte, sondern wie versteinert in dieser Position verharrte, berührte ich sanft seinen Kopf, damit er sich zu mir umdrehte.

Und jetzt konnte auch ich hinter ihm das Gesicht des kleinen Toten erkennen, und es war, als erhielte ich einen heftigen Schlag gegen die Brust, als würde sich der Boden unter meinen Füßen öffnen und mich in einen unendlichen Strudel reißen; denn was ich da sah, Doktor, war nicht mehr die abscheuliche Fratze dieses kleinen Monsters, sondern das Gesicht meines Sohnes, wachsbleich unter der Kruste geronnenen Blutes, die es bedeckte. Sie hatten ihn erneut ausgetauscht, verstehen Sie, Doktor? Um mich den Verstand verlieren zu lassen, hatten sie ihn erneut ausgetauscht.

HEUTE ABEND ODER nie, dachte Nadine, während sie die letzten Zöpfe ihrer komplizierten Frisur miteinander verflocht. Es war eigentlich ein ganz normaler Abend, doch zumindest das Klima erschien ihr geeignet; von ihrem Fenster aus konnte sie nicht die kleinste Wolke am kalten Sternenhimmel erkennen, und in dem zarten Dunst, der wie immer vom Meer aufstieg und die Umrisse der Bäume und Sträucher leicht verschwimmen ließ, war kein Anzeichen von Nebel auszumachen. Und außerdem wurde ihr das Zögern allmählich unerträglich, es wurde wirklich Zeit, dass sie sich entschloss zu tun, was getan werden musste, nicht nur ihrer persönlichen Genugtuung wegen, sondern zum Wohle des Patienten.

Geschminkt nach allen Regeln der Kunst und in ein glänzendes pinkfarbenes Etuikleid aus Satin gezwängt, das ihr, wie sie fand, besonders gut stand, wartete sie, bis alle Patienten in ihren Zimmern waren und die Ärzte ihre letzte Runde gemacht hatten; dann nahm sie die Unterarmtasche für den Abend, warf sich ihren dicksten Mantel über die Schultern und schlüpfte vorsichtig aus ihrem Zimmer. Als sie die Abteilung erreicht hatte, achtete sie sorgfältig darauf, nicht von der diensthabenden Krankenschwester bemerkt zu werden, die am Ende des Korridors wachte; zum Glück war sie mit der Lösung eines Kreuzworträtsels beschäftigt, das ihr einige Mühe zu bereiten schien, wie an ihrer gerunzelten Stirn und an der Art, wie sie nervös auf ihrem Bleistift herumkaute, zu erkennen war, so dass Nadine auf Zehenspitzen ins Zimmer des Jungen schleichen konnte, ohne dass die abgelenkte Wache den Blick von der Seite hob.

Sie hatte ihm ihren Plan schon beim Abendessen unterbreitet, und fügsam, wie er war, hatte er nicht seinen Pyjama angezogen, sondern saß in dem warmen, grauen, flauschigen Trainingsanzug, den die Klinik ihm als Ersatz für den Frack zur Verfügung gestellt hatte, auf dem Bett und wartete. Warm ja, aber nicht warm genug, dachte Nadine, während sie ihn mit kritischem Blick musterte. Gott sei Dank hingen in der Eingangshalle immer ein paar Mäntel an den Kleiderständern, sie brauchte also nur einen in der richtigen Größe zu finden, und der Patient wäre gerüstet für die nächtliche Eiseskälte. Sie hatte diesbezüglich ein ruhiges Gewissen, denn es handelte sich ja nicht um einen Diebstahl, sie lieh sich den Mantel lediglich für kurze Zeit aus, und noch bevor jemand sein Verschwinden bemerken konnte, würde er wieder an seinem Platz hängen.

Einen Patienten heimlich aus der Klinik zu schleusen war allerdings etwas ganz anderes, und so war es nicht weiter verwunderlich, dass Nadine, die den Jungen an der Hand durch die leeren Korridore führte, spürte, wie ihre Knie bei jedem Schritt nachgaben. Doch sosehr ihre Beine auch schwankten, ihre Entscheidung war getroffen, und sie hielt unerschütterlich daran fest, obwohl ihr das Herz auf dem Weg die knarrende Eichentreppe hinunter in die Eingangshalle vor Angst bis zum Halse schlug. Unten angekommen, nahm sie nach reiflicher Überlegung die Winterjacke eines Krankenpflegers (immer noch besser als die eines Arztes) vom Kleiderständer, öffnete behutsam die Tür und schob ihren widerstrebenden Begleiter nach draußen.

»Es ist kalt, ich weiß«, sagte sie, als die erste Windbö sie zwischen den Säulen des Portikus traf, »aber du wirst sehen, im Red Lion ist es schön warm, vor allem, wenn sie uns einen Platz am Feuer anbieten …« Trotzdem schlotterte sie in ihrem Satinkleid, teils wegen der Kälte, teils vor Angst und teils, weil dieses riskante und abenteuerliche Unternehmen sie erregte.

Auf dem Weg die dunkle Zufahrt hinunter schmiegte sie sich unwillkürlich an den Jungen und hakte sich bei ihm unter, als suche sie Schutz, ausgerechnet bei ihm, der ihr immer so zerbrechlich und wehrlos vorgekommen war und für den sie fast mütterliche Gefühle entwickelt hatte. Jetzt bemerkte sie zum ersten Mal, dass er größer war als sie, ja, er überragte sie um mehrere Handbreit; genau das richtige Verhältnis ihrer Meinung nach, um ein schönes Paar zu bilden.

Im Hinblick auf diesen heimlichen Ausgang hatte sie den Wagen auf der Straße geparkt, auf der anderen Seite des hohen Eisengitters, das das Grundstück der Klinik umzäunte. Sie ließ ihren Patienten auf dem Beifahrersitz Platz nehmen und fuhr los, an dem dunklen Abgrund entlang, in dessen Tiefe sie das Meer wusste, und dann hinein in das Gewirr der Sträßchen des Dorfes. Er starrte vor sich hin, ohne in irgendeiner Weise auf das Geplauder seiner gesprächigen Fahrerin zu reagieren; weder die Neuartigkeit der Situation noch die Vertrautheit, die sich in der Enge des Wagens zwischen ihnen eingestellt hatte, vermochten ihn aus seiner Teilnahmslosigkeit zu reißen. Wie auch immer, dachte Nadine und unterdrückte einen Seufzer, der Abend fängt erst an, ein Abend echter Freiheit für uns beide, irgendetwas würde sich schon ergeben, bevor die braunen Mauern der Klinik sie wieder umschließen würden.

Es war nicht immer leicht, einen Parkplatz in der Nähe des Red Lion zu finden, aber heute war wirklich ihr Glücksabend;

die Gäste, die sie absichtlich nicht informiert hatte, hatten einen Platz vor dem Eingang frei gelassen, als hätten sie die schöne Überraschung vorausgeahnt und wollten nun ihr Bestes geben, um die berühmte Persönlichkeit möglichst würdig zu empfangen.

Nadine überlief ein weiterer Schauer, als sie am Arm des stummen Pianisten über die Schwelle schritt, doch jetzt war es der ausgesprochen angenehme Schauer desjenigen, der die Aussicht auf einen lang ersehnten Triumph genießt, nachdem er ihn tausend Hindernissen zum Trotz verfolgt und errungen hat. Von wegen »kleine Negerin«; diesmal würde sie ihre Heldin sein, die jeder Gefahr getrotzt hatte, um ihren Wunsch zu erfüllen. Und tatsächlich empfingen sie sie genau so, wie eine Heldin, beeilten sich, für sie und ihren Schützling einen Tisch am Feuer frei zu machen, und erinnerten sich endlich an das Bier, das sie ihr versprochen hatten. Kurz, ihr Glück wäre vollkommen gewesen, wenn ihr Patient etwas weniger verwirrt dreingeschaut hätte, wenn er aus freiem Willen hineingegangen wäre, anstatt sie zu zwingen, ihn fast gewaltsam zu dem Tischchen zu schleifen, und wenn er jetzt in irgendeiner Weise die Aufmerksamkeiten erwidert hätte, die ihm zuteilwurden, anstatt wie ein verängstigtes Tier zusammengekauert in einer Ecke zu hocken.

Allerdings musste sie zugeben, dass die anderen nicht gerade viel dazu beitrugen, ihn zu beruhigen. Sie hatten die Stühle um das Paar zu einem dichten Kreis zusammengerückt und musterten den Jungen unverhohlen mit der grausamen Neugier, die man Missgeburten entgegenbringt. Da nichts geschah, erlaubte sich jemand nach einer Weile, die Hand auszustrecken, um ihn leicht zu schütteln, für den Fall, dass er nicht richtig wach wäre oder diesen rüden Ansporn brauchte, um sich etwas geselliger zu zeigen; selbst der Barkeeper, der eine Ausnahme von der Regel gemacht und das Bier zu dem Tischchen gebracht hatte, blieb, anstatt hinter seinen Tresen zurückzukehren, breitbeinig stehen und schenkte dem Jungen ein Grinsen, das ungeduldiges Mitleid ausdrückte.

Und dabei sind sie, dachte Nadine empört, normalerweise doch immer so diskret, ja sogar allzu kühl und reserviert für ihren Geschmack und nur widerstrebend bereit, einen Blick oder ein Wort mit jemandem zu wechseln, der kein alter Stammgast ist. In ihrem Fall waren immerhin ein paar Monate vergangen, bevor sie zeigten, dass sie sie erkannten, und einen flüchtigen Gruß murmelten, wenn sie hereinkam. Mit dem stummen Pianisten waren sie jedoch ganz offensichtlich vertraut geworden, da sie sein Foto immer wieder in den Zeitungen gesehen hatten, und dachten nicht im Traum daran, ihn als einen Fremden zu betrachten; noch bevor er den Fuß in das Lokal gesetzt hatte, war er bereits einer von ihnen geworden, oder genauer, er *gehörte ihnen*, genau wie alle anderen berühmten Persönlichkeiten, über deren Bild sie mit uneingeschränkter Freiheit verfügen konnten. Und jetzt waren sie augenscheinlich der Meinung, dass sie auf die gleiche Weise auch über ihn, den Jungen aus Fleisch und Blut, verfügen könnten, und je mehr dieser versuchte, sich ihrer Aufdringlichkeit zu entziehen, desto unverfrorener und aggressiver wurden sie.

Es ist keine gute Idee gewesen, ihn herzubringen, dachte Nadine, während sie in kleinen Schlucken das Bier trank, ohne seinen Geschmack wahrzunehmen. Mit professioneller Miene forderte sie den Patienten auf, es ihr gleichzutun, weil etwas Alkohol hilft, Mut zu fassen, wenn man verstört und verängstigt und (wie sie bereits seit einer Weile bemerkt hatte) vor Bestürzung nahezu unfähig ist zu atmen. Doch er schien nicht zu begreifen, und Nadine wäre gerne groß und kräftig oder zumindest einflussreich genug gewesen, um den Belagerungsring der anderen Gäste zu sprengen und wenigstens ein Mindestmaß an Ruhe für sich und den Jungen zu erobern.

»Wir gehen jetzt«, flüsterte sie und nahm seine Hand. »Ich trinke aus, und wir gehen.« Doch selbst diesmal schien er ihre Worte nicht zu erfassen, auch weil in der Zwischenzeit jemand auf die glorreiche Idee gekommen war, die Jukebox anzustellen, um für Stimmung zu sorgen.

Die Jüngsten unter den Gästen, junge Mädchen und Burschen, konnten der lärmenden Lockung des Schlagzeugs nicht lange widerstehen; einer nach dem andern wurden die Stühle zur Seite geschoben, um ausreichend Platz in der Mitte des Raums zu schaffen, und die Paare begannen zu tanzen, während die Gäste, die zu bequem oder zu alt waren, um sich ihnen anzuschließen, zusahen und mit den Fingern auf die Tischplatten trommelten.

Seit die ersten Töne aus der Jukebox an ihr Ohr gedrungen waren, hatte Nadine angefangen, auf ihrem Stuhl zu wippen und ihrem Begleiter kurze hoffnungsvolle Blicke zuzuwerfen; doch dieser reagierte nicht und wirkte noch erschrockener als zuvor.

Unterdessen waren die Bewegungen der Tanzenden immer wilder geworden. Einen halben Meter vor ihrem Tischchen tauchte ein nackter Bauch auf, der über dem Gürtel einer Hüftjeans zitterte, und die große falsche Perle, die im Bauchnabel steckte, schien den Jungen wie ein gläsernes Zyklopenauge anzustarren. Er starrte sie seinerseits an, als sei er hypnotisiert, und verharrte reglos wie ein Tier, das eine drohende Gefahr wittert.

»Okay. Wir gehen jetzt«, wiederholte Nadine seufzend. Nachdem sie die letzten Schlucke Bier getrunken hatte, sagte sie dem Jungen, er solle einen Augenblick warten; sie müsse nur noch schnell auf die Toilette, dann würden sie sich von ihren Freunden (so nannte sie sie nach reiflicher Überlegung, um die Situation zu entdramatisieren) verabschieden, in die Klinik zurückfahren und ein schönes Schläfchen machen. Sie stand auf und ging durch den Raum, wobei sie geschickt den Tanzenden auswich und um die Stühle der anderen Gäste herumging, die sie jetzt pikiert, ja geradezu böse anblickten, als sei es ihre Schuld, dass der Gast ihre Hoffnungen nicht erfüllt hatte. Der Patient folgte ihr aus seiner Ecke mit dem Blick bis zur Toilettentür.

Sie blieb länger auf der Toilette als geplant, denn als sie ihr abgespanntes Gesicht im Spiegel sah, konnte sie nicht umhin, ihr Make-up mit einem Hauch Puder und einer neuen Schicht Lippenstift aufzufrischen, den sie allerdings so hastig auftrug, dass sie in den Mundwinkeln zwei verschmierte korallenrote Striche produzierte. Ein paar Minuten später war sie wieder im Gastraum, wo sie die dröhnende Musik der Jukebox und der dumpfe Hall der Bierkrüge empfingen, welche die sitzenden Gäste jetzt rhythmisch auf die Tischflächen schlugen.

Auf halbem Weg bemerkte sie, dass der Patient seinen Platz verlassen hatte. Zuerst dachte sie, er habe sich etwas zu trinken holen wollen, doch als sie zum Tresen blickte, sah sie dort nur den Barkeeper, der Gläser abtrocknete; vielleicht hatte er ebenfalls beschlossen, auf die Toilette zu gehen, dachte sie und richtete den Blick auf die Tür neben der, aus der sie eben gekommen war und die mit der winzigen Gestalt eines Herrn in Gehrock und Zylinder gekennzeichnet war. Kurz darauf öffnete sich diese Tür, und der Schlachter des Dorfes kam heraus, der sich mit dem unverkennbaren Ausdruck der Erleichterung, der auf den Gesichtern der Trinker in derartigen Situationen erscheint, die Hose zuknöpfte. Eine Erleichterung, die Nadine nicht teilen konnte; im Gegenteil, sie stieß einen Schrei aus, der so durchdringend war, dass er sogar den Lärm der Jukebox übertönte, obwohl der Schlachter an sich nichts Furchteinflößendes hatte, und als die Gäste, verärgert über diese Störung, sie fragten, warum sie so schreie, hatte sie kaum genug Puste, um sich zu erkundigen, wo ihr Patient geblieben sei. Doch die Gäste wussten es nicht, auch der Barkeeper nicht, wie er achselzuckend erklärte, ohne das Abtrocknen der Gläser zu unterbrechen. Der Junge sei eben hinausgegangen, es sei nicht ihre Sache, ihn zurückzuhalten, und schon gar nicht, ihn nach seinen Absichten zu fragen. Wie auch, da er ja doch kein Wort herausbrächte. Sie hätten ihn gehen lassen und Ende, schließlich würden sie seine Rechte als freier Bürger achten.

Bestürzt griff Nadine nach Tasche und Mantel und stürmte hinaus, verfolgt vom Gedudel der Jukebox. Sie blickte nach links, sie blickte nach rechts, sie blickte geradeaus auf die Hauptstraße, die sich zum Meer hinunterschlängelte, doch keine Spur von dem Jungen. Vielleicht wartet er ja im Wagen, dachte sie in einem verzweifelten Aufglimmen von Hoffnung. Nein, auch im Wagen war er nicht; um sich davon zu überzeugen, reichte ein Blick durchs Wagenfenster. Erst jetzt wurde sie sich der Kälte bewusst und zog den Mantel über das Satinkleid; dann machte sie sich zitternd auf die Suche nach ihm in den dunklen Straßen des Dorfes.

Ich begriff sofort, dass etwas nicht in Ordnung war, als ich sie mit diesem verstörten Gesichtsausdruck atemlos in die Eingangshalle stürzen sah. Ich war gerade dort, weil ich ein Buch aus der Bibliothek holen wollte, und wir wären beinahe zusammengeprallt, so schnell rannte sie, gleichsam außer sich; die Schöße ihres Mantels flatterten wild. Als sie mich bemerkte, blieb sie abrupt stehen und machte geradezu einen Satz nach hinten, als wollte sie fliehen. Nebenbei gesagt, es war ihr freier Abend, und es war ihr gutes Recht, zu kommen und zu gehen, wie es ihr beliebte. Aber warum dann dieser verwirrte, ja zerknirschte Gesichtsausdruck, warum dieses schuldbewusste Benehmen, als sei sie in flagranti erwischt worden? Besonders rührend war jedoch ihr Versuch, mich anzulächeln, als ich sie freundlich begrüßte und ihr sicherheitshalber den Weg versperrte, in der Erwartung, Klarheit zu bekommen.

Ich muss gestehen, dass ich immer ein gewisses Mitgefühl für die kleine Nadine empfunden habe. Wegen ihrer Jugend, wegen ihrer offensichtlichen Schwierigkeiten, sich bei uns zu akklimatisieren (nicht in physischer Hinsicht natürlich, obwohl sie mit ihren dekolletierten Kleidchen ganz schön unter der Kälte leiden musste), vor allem aber wegen ihrer tiefen, unausrottbaren Unschuld, die unter dem Firnis lebenserfahrenen Draufgängertums, das die Mädchen heute schon auf der Schulbank glauben an den Tag legen zu müssen, ständig hindurchschimmert. Dennoch muss ich gerade Dir, der Du mein Interesse für jede Art von Geheimnis stets geteilt hast, nicht die Neugier erklären, die mich daran hinderte, sie gehen zu lassen, und mich veranlasste, trotz ihrer offensichtlichen Unwilligkeit, ein Gespräch anzufangen.

Ich erkundigte mich, ob sie einen angenehmen Abend verbracht habe, und sie erwiderte: »Danke, ganz gut«, so leise, dass ich sie kaum hörte. Dann fragte ich sie, wie es ihrem Patienten gehe, einfach so, ohne besonderen Grund, ob aus reinem Zufall oder aus einer dieser blitzschnellen Eingebungen heraus, die den großen Detektiven durch den Kopf schießen, könnte ich gar nicht sagen. Doch Scherz beiseite, ich glaube, dass dies das einzig mögliche Gesprächsthema zwischen uns war, aber wie es schien, hatte ich ins Schwarze getroffen, denn bei diesen Worten wurde Nadine noch verstörter und warf einen sehnsüchtigen, ungeduldigen Blick auf die Eichentreppe, die in die oberen Stockwerke führt, als erwöge sie, sich mit einem Sprung dorthin zu retten, hinaufzulaufen und sich in ihr Zimmer einzuschließen, um meinem Verhör zu entrinnen.

Doch das war ein undurchführbarer Plan, wie sie selbst festzustellen schien, denn sie wandte fast sofort den Blick von diesen verlockenden Stufen ab, nicht um ihn auf mich zu richten (von Anfang an war sie meinem Blick stets ausgewichen), sondern auf die Spitzen ihrer Abendschuhe, während sie mit brüchiger Stimme antwortete, soweit sie wisse, gehe es dem Jungen ausgezeichnet, sicher liege er schon seit geraumer Zeit im Bett, schön im Warmen, in seinem Zimmer.

Merkwürdig, dachte ich, dass sie das so betont, als könnte der Junge um diese Zeit anderswo als in seinem Bett sein oder als unterstellte sie mir einen derart absurden Verdacht. Doch gerade die Absurdität der ganzen Sache verblüffte mich und brachte mich zu der Überzeugung, dass Nadine tatsächlich ein Geheimnis verbarg und dass dieses Geheimnis in irgendeiner Weise mit unserem jungen Pianisten zu tun hatte. Lächelnd und mit kühler Höflichkeit, deren ich mich ein wenig schämte, erwiderte ich, dass der Patient im Gegenteil noch wach sein müsse; habe sie mir nicht selbst erzählt, dass er das Licht gewöhnlich nie vor Mitternacht lösche? Und ich schlug ihr vor, mich hinaufzubegleiten, wenn sie nicht zu müde sei, nach ihm zu sehen und sich zu vergewissern, dass es ihm gut gehe, um anschließend ruhig schlafen zu können.

Bei diesen Worten schwankte Nadine sichtlich. Jetzt wich sie meinem Blick nicht mehr aus, sondern starrte mir mit weit aufgerissenen Augen direkt ins Gesicht und packte mich sogar am Ärmel, um mich zurückzuhalten. Nein, beharrte sie, um diese Zeit schlafe der Junge, unser Besuch würde ihn ganz sicher stören; doch ich entgegnete, wir würden uns darauf beschränken, die Tür nur einen Spalt zu öffnen, um hineinzublicken, und wenn das Licht gelöscht sei, würden wir sie wieder schließen, ohne ihn zu wecken.

Was konnte die Unglückliche anderes tun, als mir die Treppen hinaufzufolgen und unterwegs ihre vergeblichen Versuche zu wiederholen, mich davon abzubringen? Doch ich ließ mich natürlich nicht davon abbringen; jetzt wollte ich Klarheit, es war sogar meine Pflicht, der Sache auf den Grund zu gehen und mich mit meinen eigenen Augen zu vergewissern, dass alles in Ordnung war. Würdest Du mich fragen, was ich eigentlich befürchtete, würdest Du mich wirklich in Verlegenheit bringen. Nicht einen Augenblick hatte ich ernstlich die Möglichkeit in Betracht gezogen, der Patient könnte um diese Zeit nicht in seinem Zimmer sein, und doch könnte ich das Gefühl unendlicher Erleichterung nicht anders erklären, das ich empfand, als ich die Tür öffnete und ihn vor mir sah;

er saß auf dem Bett, noch in seinem flauschigen grauen Trainingsanzug.

Arme Nadine, dachte ich sofort, zu Unrecht wer weiß welcher Missetaten verdächtigt. Vielleicht hatte sie sich einfach nur mit ihrem Liebhaber gestritten (sie musste doch einen haben), und das hatte sie so sehr durcheinandergebracht, dass sie keine Lust hatte zu reden. Doch ich hatte den Gedanken noch nicht beendet, als das Mädchen, das hinter mir reglos in der Tür stand, in Gelächter ausbrach, in ein hysterisches, unbändiges Lachen, für das ich keine Erklärung erhielt, als ich mich verwundert zu ihr umdrehte.

»Nichts ... nichts«, wiederholte Nadine immer wieder zwischen Anfällen von Gelächter, bis ich ihr bedeutete zu gehen, da ich fürchtete, sie könnte die ganze Abteilung aufwecken. Dann näherte ich mich dem Patienten, und erst jetzt bemerkte ich, in was für einer Verfassung er war; er stand unter Schock, wie an dem Tag, an dem man ihn am Strand gefunden hatte, und als ich mich über ihn beugte, zog er sich mit der raschen und instinktiven Bewegung eines verängstigten Tieres an die Wand zurück, um meiner Hand auszuweichen.

Sehen Sie, Doktor, das ist der Unterschied: Wenn sie auf ihr Handgelenk blicken, lesen die anderen die Uhrzeit (wie Sie es vorhin getan haben, wenn auch sehr diskret). Auch ich lese eine Nummer auf meinem Handgelenk, ins Fleisch gebrannt, aber es ist dieselbe Nummer morgens, nachmittags und abends, es ist dieselbe seit sechzig Jahren und wird es immer bleiben. Und manchmal, versuchen Sie zu verstehen, rede ich mir ein, dass genau diese die richtige Nummer ist, die angehaltene und unveränderliche Zeit, angezeigt auf dem Zifferblatt der Welt.

Die Zeit … Seit damals hat sie für mich aufgehört zu verstreichen, ist in einem Bruchstück geronnen (achtzehn Monate, aber es könnte ein Jahrhundert sein oder ein einziger Augenblick), das sich unendlich wiederholt und mich in seiner zwanghaften Wiederholung wie in einer Falle einfängt: stets von Neuem diese Szenen, diese Episoden, stets diese geschlossene und kompakte Reihe von Ereignissen, die mich seit der Jugend mit der Hartnäckigkeit eines Albtraums verfolgt. Ich erinnere mich daran, wie man sich an die Musik erinnert, an einen Sonatensatz oder ein einzelnes Thema, das in seinen zahlreichen Variationen durchgespielt wird, denn auch die Musik ist geronnene Zeit, herausgelöst aus jedem Kontext. Jedes Mal ein vollständiger kosmischer Zyklus, von der Schöpfung bis zur Apokalypse, jedes Mal eine Verdichtung des Sinns, des Schicksals oder wie Sie es sonst nennen wollen, die wirklich etwas Erschreckendes hat, wenn man darüber nur ein wenig nachdenkt. Kennen Sie diese mittelalterlichen Allegorien, Doktor, in denen die Seele in wenigen Minuten auf die Probe gestellt wurde und auf den Brettern einer Bühne um Hölle und Paradies spielen musste? Also, ich glaube, dass der Sohn der Verheißung in etwa einer ähnlichen Prüfung ausgesetzt ist, wenn er auf sein Podium steigt (was er, nebenbei gesagt, hoffentlich bald wieder tun wird; es hat mich heute wirklich betrübt zu erfahren, dass er nicht imstande war zu spielen), so wie ich ihr ausgesetzt bin, wenn ich jene Augenblicke erneut in der Erinnerung oder im Traum durchlebe. Schade, dass ich keine Seele mehr habe, die ich verspielen kann, und dass sich an dem Drehbuch keine Zeile mehr ändern lässt.

Habe ich gesagt »im Traum«? Ja, denn ich habe wieder angefangen zu träumen. Vielleicht hätte ich Ihnen das gleich mitteilen sollen, doch Tatsache ist, dass ich versuche, nicht daran zu denken, zumindest tagsüber. Zum Glück sind es ziemlich kurze Träume, unzusammenhängende Bildfolgen, die das Gedächtnis dann beim Aufwachen zu einer schmerzlichen Handlung zusammenfügt. Wären sie länger, könnte ich sie, glaube ich, nicht ertragen, doch dazwischen sind mir barmherzige Pausen blinden Schlafs vergönnt, um wieder zu Atem zu kommen, und so gelingt es mir, gut oder schlecht den Tagesanbruch zu erreichen, mehr schlecht als gut in letzter Zeit, doch ich erreiche ihn, und gerade darin besteht mein fragwürdiges Glück. Jeder hat sein Glück, wussten Sie das nicht? Das ist ein so relativer Begriff, dass er praktisch in jeder Situation Anwendung findet.

Manchmal sehe ich ein Gesicht vor mir, das Antlitz eines Kameraden, das ich vergessen zu haben glaubte. Isaak, der Schillerexperte, der schwankende Kamerad, der bei der Selektion neben mir in der Reihe stand, und andere, von denen zu erzählen ich noch keine Gelegenheit hatte. Es befindet sich im Vordergrund oder, wenn Sie lieber wollen, auf der Bühne, gleichsam isoliert vom scharfen Lichtkegel eines Scheinwerfers, vor einem vollkommen schwarzen Hintergrund, der die Umrisse betont, indem er sie sozusagen noch aggressiver macht. Oder ich sehe das Lager, aber ausgestorben, ohne eine Spur von Gefangenen oder Wächtern, nur die langen niedrigen Reihen der Baracken, die Stacheldrahtzäune, den Schornstein, der in einen fahlen Himmel ragt, alles versunken in der Stille und im Schnee. Ja, der Schnee … Genauso war es (wussten Sie das?) an dem Tag, an dem wir befreit wurden, einem kalten Januartag, an dem die Welt zu existieren aufgehört zu haben schien. Man hörte weder einen Schrei noch ein Kommando, nicht einmal das Bellen der Hunde; von Zeit zu Zeit drang das Geräusch von Schüssen, ein Knattern von Maschinengewehren in unsere Erstarrung, aber so gedämpft und fern, als fände die Schlacht auf einem anderen Planeten statt. Wir hörten es völlig teilnahmslos, wer hätte gedacht, dass es uns betreffen könnte, da uns doch jetzt gar nichts mehr betraf? Wie unsere Körper war auch unsere Vorstellungskraft nicht fähig, den Stacheldrahtzaun zu überwinden, der das Lager umschloss und, als wäre das noch notwendig gewesen, von der weißen Barriere verstärkt wurde, die sich ringsum tagelang durch unerschöpflichen Schneefall gebildet hatte. Und als wir aus diesem weißen Nichts die ersten Soldaten auftauchen sahen, unbekannte Männer in unbekannten Uniformen … ich vermag nicht zu schildern, Doktor, was ich empfand, es ist ein Augenblick, an den ich mich nur selten erinnere, und ich glaube nicht, dass ich ihn auch nur einmal geträumt habe. Aber der Schnee, an den erinnere ich mich schon.

Sie müssten dort fragen, im Hotel Alpenrose, auch wenn sie nicht gleich antworten werden so kurz vor Weihnachten. In dieser Zeit sind die Berghotels voll, die Dörfer werden mit Lichtgirlanden geschmückt, und unter den Einwohnern, die auf irgendeine Weise an der Tourismusindustrie beteiligt sind, verbreitet sich eine merkwürdige Mischung aus religiöser Frömmigkeit und weltlicher geldgieriger Erwartung. So war es auch im vergangenen Dezember in dem Dorf, das ich mir als Urlaubsziel gewählt hatte. An jenem Nachmittag war ich früh von den Skipisten zurückgekehrt – die Sonne begann zu sinken, die Schatten der Felsen auf dem Schnee wurden allmählich länger – und hatte mir in der Stube einen Tee und ein Stück Kuchen servieren lassen. Ich hatte es nicht eilig, auf mein Zimmer zu gehen, so sehr gefiel es mir, diesen Raum mit seiner niedrigen Decke uneingeschränkt zu meiner Verfügung zu haben und ganz allein hier zu sitzen und durch das verbleite Glas der Fenster die weißen Hänge zu betrachten, die sich jenseits der Straße hinzogen.

Als ich die Musik hörte, dachte ich zunächst, jemand habe im Nebenraum das Radio eingeschaltet, und hörte nur mit halbem Ohr zu, da sie für mich nicht viel mehr war als Hintergrundmusik für meine müßigen Urlaubsbetrachtungen; erst nach einiger Zeit bemerkte ich, dass es sich um eine Live-Darbietung handelte, so meisterhaft allerdings, dass mein Irrtum begreiflich war. In einem Dreisternehotel eines Alpendorfs, das nicht übermäßig in Mode ist, ist die Wahrscheinlichkeit, unter demselben Dach mit einem berühmten Pianisten zu logieren, nicht allzu groß, und doch konnte ich mir dieses kleine Wunder nicht anders erklären.

Jetzt war ich natürlich ganz Ohr. Ich hörte aufmerksam zu und kramte meine musikalischen Erinnerungen zusammen, und so gelang es mir, in dem Stück, das der Pianist spielte, ein berühmtes Werk von Schubert zu erkennen, die Wanderer-Fantasie, *wenn ich mich nicht irre, jedenfalls bin ich sicher, dass es sich um Schubert handelte, zumindest kenne ich keinen anderen Komponisten, der diese tanzenden Motive ländlicher Idylle mit einer so quälenden Traurigkeit zu erfüllen vermag, und bei anderen Komponisten habe ich niemals diese Pausen träumerischer Versunkenheit gefunden, die plötzlich das Vorwärtsdrängen einer Melodie unterbrechen. Gerade in dem Augenblick, in dem ich meine Aufmerksamkeit auf die Musik richtete, geriet ich an eine solche Passage: Die zuerst hämmernden Töne waren so zart geworden, dass ich, um sie noch hören zu können, meinen Platz verlassen, aus der Stube hinausgehen und mich dem Klavier durch eine Reihe dämmriger Gaststuben nähern musste. Jene Töne riefen mich jetzt zu sich, indem sie sich klar und bang von dem dunklen Untergrund der Akkorde abhoben; sie führten mich Schritt für Schritt in den letzten Raum, in dem ich endlich an einem Klavier sitzend, das zwischen zwei Engeln aus bemaltem Holz an der Wand stand, den sehen konnte, der da spielte.*

Es gibt nicht den geringsten Zweifel, dass es sich um den jungen Mann auf dem Foto handelte, auch wenn ich ihn von der Schwelle aus, auf der ich stehen geblieben war, weil ich mich nicht hineinzugehen traute, natürlich nicht von vorn, sondern nur von der Seite sehen konnte. Das Kinn, die Stirn, die Krümmung der Nase zeichneten sich deutlich im violetten Schein ab, der durch die Fenstertür hinten im Raum drang. Er spielte weiter, als habe er meine Gegenwart nicht bemerkt, bis ich Mut fasste und auf Zehenspitzen zu einem Sessel schlich, der hinter ihm stand. Vielleicht werden Sie meine Skrupel für übertrieben halten, doch ich hatte wirklich das Gefühl, dass ich diesen Jungen bei einem Selbstgespräch überrascht hatte, das so intim war, dass es keine Zeugen duldete, und ich hätte mich wieder entfernt, um ihn nicht zu stören, wäre nicht die Anziehungskraft dieser Musik so unwiderstehlich gewesen.

Ich glaube, ich werde sie nie vergessen, diese Augenblicke: der langsame, sehnsuchtsvolle Atem des Klaviers und draußen, eingerahmt vom Bogen der Tür, die Schneefelder, die das Sonnenlicht der Abenddämmerung in einer ebenso langsamen und traurigen Liebkosung berührte. Alles, was ich durch jenes Fenster sah – die Passanten, die vorbeigingen, die letzten Skifahrer, die im Zickzackkurs die Pisten hinabfuhren, und sogar der Glockenturm der Kirche mit seiner wuchtigen Zwiebelhaube –, nahm eine intensivere und zugleich unwirklichere Realität an, als beraube die Musik es jeder Konkretheit und verwandle es in ein reines sichtbares Echo meiner Gemütslage.

Und so beobachtete ich mit der eigentümlich geschärften Sensibilität, über die wir im Traum verfügen, durch die Fensterscheiben die Ankunft des Alten, der seinen Schlitten direkt vor uns anhielt. Ich hatte ihn schon bei anderen Gelegenheiten gesehen, ohne allzu sehr auf ihn zu achten: eine dieser pittoresken Gestalten in Tracht, die samstags oder sonntags in den Hotels dieser Alpendörfer auftreten und Zither, Akkordeon, gelegentlich sogar Geige spielen, in der Hoffnung, dass die liebenswürdigen Gäste ein paar Münzen in ihren umgedrehten Hut legen, und die bei Volksfesten ihre wackeligen Leiern durch die Dorfstraßen schieben. Allerdings war heute Dienstag, und in der Gegend gab es keine Feste, daher hätte es mich eigentlich wundern müssen, ihn prächtig herausgeputzt auf seinem Schlitten auftauchen zu sehen, der von einem abgemagerten Klepper gezogen wurde; doch die Erscheinung passte so perfekt zu der Musik, der ich lauschte, dass sie mich nicht verblüffte, sondern dass ich sie im Gegenteil auf eine gewisse Art und Weise sogar angemessen fand.

Er hielt, ich glaube, ich habe es bereits erwähnt, direkt vor uns, stieg vom Schlitten und kam näher, gleichsam angezogen von der

Musik, die er durch die doppelten Fensterscheiben gar nicht hören konnte. Jetzt war er so nah, dass er fast das Gesicht gegen die glatte Glasfläche drückte und hineinblickte, zum Pianisten, während hinter ihm der Klepper mit den Hufen im Schnee scharrte, um sich vor der Kälte zu schützen.

Der Junge spielte weiter, ohne im Geringsten zu erkennen zu geben, dass er ihn bemerkt hatte; doch dann brach er plötzlich ab. Ich weiß nicht, warum, doch ich war bestürzt und hielt geradezu den Atem an, als ich sah, wie er aufstand und langsam zu der Fenstertür ging. Als er an mir vorbeikam, warf er mir einen kurzen entschuldigenden Blick zu, dann schien er meine Gegenwart vollkommen zu vergessen. Jetzt stand er dem Alten gegenüber, von dem ihn die doppelte Glasscheibe trennte. Ein paar Augenblicke standen sie reglos da und starrten sich an, bis der Alte ihm ein Zeichen machte, ein kleines, kurzes Zeichen mit der behandschuhten Hand, und dann zum Schlitten zurückging; ein Augenblick noch, und der Junge öffnete die Tür, um ihm in den Schnee zu folgen.

Erst jetzt, als ich sah, wie sich der Junge neben den Alten setzte und die Peitsche blitzartig durch die eisige Luft zuckte, bemerkte ich, dass es Nacht geworden war. Dann entfernte sich der Schlitten, gezogen von dem schwankenden Klepper, und ich blieb im Zimmer zurück, während um mich herum alle Dinge wieder schmerzlich Gestalt annahmen, denn manchmal ist es wirklich schmerzlich, aus einem Traum aufzuwachen.

Ich fragte mich, wer der Junge sein mochte; gewiss kein Hotelgast, wie ich zunächst gedacht hatte, und doch konnte ich nicht glauben, dass er einfach nur ein Geschäftspartner des Alten war, gewohnt, ihn auf seinen bescheidenen Tourneen zu begleiten oder die Feriengäste allein mit diesen Darbietungen zu unterhalten, die eines Konzertsaals würdig waren. Wer würde sein Talent so vergeuden? Und die Vorstellung, die Wanderer-Fantasie *würde einem Publikum erschöpfter Skifahrer als Dessert serviert, kam mir zu un-*

wahrscheinlich vor, um sie ernst nehmen zu können. Und doch, als er den Alten bemerkt hatte, hatte er zu spielen aufgehört und seinem Zeichen gehorcht wie einem Kommando …

Wie auch immer, dies ist meine Geschichte; ich kann nichts weiter hinzufügen, jedenfalls nichts, was Ihnen nützlich sein könnte. Wer weiß, vielleicht werden Sie genauere Informationen bekommen, wenn Sie an das Hotel Alpenrose schreiben, falls sie dort Zeit finden, Ihnen jetzt kurz vor Weihnachten zu antworten.

ALS DER DIREKTOR sie fortgeschickt hatte, war Nadine langsam durch den Flur gegangen, während die Erleichterung einer immer stärkeren Besorgnis Platz machte; als sie dann gehört hatte, dass man sie rief, war sie ins Zimmer zurückgekehrt und hatte selbst die Beruhigungsspritze vorbereitet, nach den hastigen Anweisungen des Arztes, der ihr die ganze Zeit über inquisitorische Blicke zuwarf. Seitdem hatte sie das Krankenbett des Patienten nicht verlassen; als sie das graue Licht des anbrechenden Tages überraschte, saß sie noch immer an seinem Bett, in dem pinkfarbenen Etuikleid, über das sie gerade noch den Kittel hatte ziehen können, die losen Zöpfe traurig in die Stirn hängend und geplagt von Gewissensbissen, die sie vergeblich mit dem Bewusstsein zu bekämpfen versuchte, in wohlgemeinter Absicht gehandelt zu haben.

Es war wirklich keine gute Idee gewesen, den Patienten ins Red Lion mitzunehmen. Da die Wirkung des Beruhigungsmittels allmählich nachließ, sah sie, wie er sich rastlos im Bett hin und her wälzte, was sie vorher nie bei ihm beobachtet hatte, außer vielleicht am Anfang, als sein Trauma noch zu frisch war, um ihn friedlich schlafen zu lassen. Dabei hatte er in der Zwischenzeit Fortschritte gemacht; er wirkte weniger verwirrt und ruhiger, und vielleicht hätte er schließlich sogar die Sprache wiedergefunden, hätte ihn ihre unbedachte Initiative nicht plötzlich erneut in diese hoffnungslose Angst gestürzt.

Mittags ließ sie sich von einer Kollegin ablösen, um sich umzuziehen und etwas in der Personalkantine zu essen; nach Schlafen war ihr nicht zumute wegen der Schuldgefühle, die sie belasteten und die noch viel schlimmer wurden, wenn sie nicht bei ihrem Patienten war; allein durch beständige Opferbereitschaft ließen sie sich in Schach halten. Sie wachte also weiter über den Jungen, während die Stunde des nachmittäglichen Konzertes näherrückte, verstrich und endete, ohne dass er die Energie oder den Willen aufgebracht hätte, um das Bett zu verlassen und sich in den Wintergarten zu seinen enttäuschten Bewunderern zu begeben.

Sie waren alle da, das wusste sie, versammelt auf Korbsesseln um den geschlossenen Flügel: die Gräfin, die kleine Lisa, Mr. Brown, der sein Blatt Papier auf dem Schoß hatte und darauf wartete, seine übliche Serie von Zahlen in Kolonnen zu notieren, Mrs. Doyle, die wie immer aufrecht dasaß und wie eine tüchtige Hausfrau wirkte, auch dann noch, wenn sie sich von der Musik mitreißen ließ … Und natürlich durfte Herr Rosenthal nicht fehlen, halb verborgen in seiner Ecke, genau wie der Direktor, der mit aufmerksamem, diskretem Blick über die Gruppe wachte, diesem Blick, der ihr stets so gutmütig, ja geradezu väterlich vorgekommen war, in dem sie heute Nacht jedoch zum ersten Mal den kalten Stahl der Strenge hatte aufblitzen sehen. Auch vorhin, als er ins Zimmer gekommen war, um den Patienten zu untersuchen, hatte er praktisch nicht das Wort an sie gerichtet und sich darauf beschränkt, eine schnelle Anweisung zu brummen, und auf ihre Frage, ob er Zeichen der Besserung gefunden habe, hatte er nur die Achseln gezuckt.

Dabei war eine Besserung eingetreten, darauf hätte sie wetten können. Und sei es nur, dass der Junge sich nicht mehr an die Wand drückte, wenn er die Tür aufgehen hörte, und nicht mehr erschauerte, wenn eine fremde Hand ihn berührte. Bald, vielleicht schon morgen, würde er sich wieder ganz erholen, und sie würde persönlich dafür sorgen, dass er gut gepflegt und vor jeder weiteren Erschütterung geschützt wurde. Was das Red Lion betraf, so würde sie nie mehr den Fuß dort hineinsetzen, eine verdiente, unvermeidbare Vergeltungsmaßnahme, auch wenn sie sich nicht einbilden konnte, diesen Leuten zu fehlen. Sie würden es nicht einmal bemerken, dachte sie, und das kränkte sie so sehr, dass sie das geblümte Taschentuch aus der Tasche holte, um sich verstohlen die Tränen abzuwischen, bevor sie dem Jungen erneut ein Lächeln schenkte, dem sie vage Heilkräfte zuschrieb, denn sie hatte irgendwo gelesen, das Wichtigste sei, immer zu lächeln, um jeden Preis, ganz gleich, wie sich die Dinge entwickelten, und in den letzten Stunden hatte sie sich gewissenhaft an diesen wertvollen Rat gehalten und vermieden, ihrem Patienten ein anderes als ein fröhliches Gesicht zu zeigen. »Alles wird gut«, sagte sie immer wieder mit einlullender Stimme, eine andere bewährte Zauberformel, die niemals fehlen durfte im professionellen Rüstzeug einer Krankenschwester. Kurz, sie tat wirklich ihr Möglichstes, um die Katastrophe wiedergutzumachen, und würde es auch weiterhin tun, solange ihr Körper mitmachte und Schlaf und Müdigkeit sie nicht zwangen, sich geschlagen zu geben.

Daher holte sie sich, als es jenseits der Gitterstäbe des Fensters jäh dunkel wurde, eine Zeitschrift, eine Coca-Cola und eine Tafel Schokolade und bereitete sich darauf vor, erneut bis zum Morgengrauen im Zimmer des Jungen zu wachen. Um sechs erschien die Nachtschwester, doch Nadine schickte sie mit höflicher Bestimmtheit fort: Nein, danke, sie brauche sie nicht abzulösen; sie habe keinen Hunger, sie sei nicht müde, sie fühle sich frisch und ausgeruht, als habe sie gerade das Bett verlassen, und würde sich daher, wenn die Kollegin erlaube, selbst um *ihren* Patienten kümmern, das sei das Beste angesichts des besonderen Vertrauensverhältnisses, das zwischen ihnen bestehe.

Vielleicht hätte die Kollegin unter anderen Umständen keine Einwände gegen diesen Vorschlag erhoben, der sie wenigstens etwas entlastet hätte. Diesmal jedoch sei es absolut unmöglich, wie sie sich zu erklären beeilte, da der Direktor Nadine um halb sieben in seinem Büro zu sehen wünsche. Zu einem Gespräch, habe er hinzugefügt und ihr befohlen, das Mädchen zu informieren und bis zum Ende der Schicht bei dem Patienten zu bleiben.

»Zu einem Gespräch?«, wiederholte Nadine mit unsicherer Stimme und machte schweren Herzens den Stuhl neben dem Bett frei. Nach dem, was geschehen war, bedeutete die Nachricht, dass der Direktor sie zu sprechen wünsche, nichts Gutes, und auch die Kollegin schien dieser Meinung zu sein, dem boshaften Lächeln nach zu urteilen, das ihre Lippen umspielte, während sie auf dem Stuhl Platz nahm und ihrer Botschaft mit ernster Miene Nachdruck verlieh. Es sei bereits fünf nach sechs, betonte sie; wenn sie sich vorher noch etwas in Ordnung bringen wolle, sollte sie sich besser auf den Weg machen.

Nadine nickte und ging zur Tür; auf der Schwelle drehte sie sich noch einmal kurz um und warf einen betrübten Blick auf ihren Patienten.

JA, LIEBER FREUND, ich war gezwungen, diese unangenehme Entscheidung gerade jetzt zu treffen, da sogar die Luft um uns herum Güte auszuschwitzen scheint und wir uns alle anschicken, mehr oder weniger heuchlerisch die Geburt dessen zu feiern, der vom Kreuz aus verzieh. Leider ist es mir nicht erlaubt, Seinem Beispiel zu folgen, auch wenn ich Dich beruhigen kann: Es hat mir nicht das geringste Vergnügen gemacht, dem Mädchen gegenüber so handeln zu müssen. Wenn Du sie in meinem Arbeitszimmer gesehen hättest, unsicher auf der Stuhlkante balancierend, die schwarzen wolligen Zöpfchen aus gegebenem Anlass neu verflochten, in den Augen den halb resignierten, halb verstörten Blick eines Opferlamms, würdest Du vielleicht verstehen, wie schwer es mir gefallen ist, so mit ihr zu sprechen, wie ich es tat, wie ich es tun musste.

Ich weiß nicht, sagte ich in etwa, was gestern Abend vorgefallen ist, und ich will nicht annehmen, dass Sie Ihre beruflichen Pflichten vernachlässigt haben… Hier versuchte sie, etwas zu sagen, doch ihre Stimme versagte, so dass sie sich auf eine Art Seufzer beschränken musste, und ich fuhr fort: Ich wiederhole, ich beschuldige Sie nicht und verlange nicht von Ihnen, sich zu rechtfertigen; täten Sie es, könnte ich Dinge erfahren, die mich zu sehr viel drastischeren Maßnahmen zwingen würden, während ich Ihnen nicht im Geringsten schaden und Ihnen nicht die Möglichkeit verbauen möchte, Ihre Karriere anderswo fortzusetzen.

An diesem Punkt riss Nadine die Augen auf; endlich hatte sie meine Absichten verstanden. Und jetzt fand sie auch die nötige Kraft, um zu sprechen, doch wie es ihr häufig passiert, wenn sie durcheinander ist, drückte sie sich in einer Sprache aus, die in diesen Breiten vollkommen unverständlich ist, eine raue und gutturale Sprache, die ihre Vorfahren über Jahrtausende in den afrikanischen Wäldern benutzt haben müssen. Als sie es bemerkte, verstummte sie, und ohne noch etwas hinzuzufügen, senkte sie den Kopf in Erwartung des Gnadenschusses.

Jetzt hatte auch ich Mühe, die Worte zu finden, doch ich machte mir selbst Mut, indem ich sie daran erinnerte, dass wir bei ihrer Einstellung eine Probezeit vereinbart hätten und dass ihr Vertrag Ende des Jahres auslaufe. Angesichts der Umstände sähe ich mich nicht in der Lage, ihn zu verlängern; ihr sei eine äußerst heikle Aufgabe übertragen worden, der sie sich nicht gewachsen gezeigt habe, wie die plötzliche unerklärliche Verschlimmerung des Zustands des Patienten beweise, die nur einer leichtfertigen Initiative ihrerseits zugeschrieben werden könne. In jener Nacht hätte ich, als ich dem Jungen den Trainingsanzug ausgezogen hätte, um ihn zu untersuchen, bemerkt, dass er ganz kalt gewesen sei, ein deutlicher Hinweis darauf, wo er die letzten Stunden verbracht oder, besser, wo er sie *nicht* verbracht habe, den Vorschriften und der selbstverständlichen Vorsicht zum Trotz. Habe sie wirklich geglaubt, ich würde es nicht bemerken? Glaube sie, meine Klinik sei ein Hotel, das die Patienten verlassen und betreten könnten, wie es ihnen beliebe, ohne Erlaubnis der Ärzte, doch eigentlich nicht einmal, wie es ihnen beliebe, sondern um die Laune einer unbedachten Krankenschwester zu befriedigen, die sich in den Kopf gesetzt habe, weiß der Teufel was für ein Bravourstück zu vollbringen?

Kurz, ich ließ mich hinreißen. In meiner Empörung sagte ich ihr ganz offen, was ich ihr, so kurz vor Weihnachten und weil ich wegen ihrer Unerfahrenheit Mitleid mit ihr hatte, eigentlich nicht hatte sagen wollen, und sie hörte mir schweigend zu und spielte mit einem mit auffälligen Blumenmotiven bedruckten kleinen Taschentuch herum. Nach kurzer Zeit hatte sie es zu einem Lappen zerknüllt, der so unbrauchbar war, dass ich mich gezwungen sah, ihr mein eigenes anzubieten, um die Tränenflut einzudämmen. Wenn es etwas gibt, das ich nicht ertrage, dann ist es, eine Frau weinen zu sehen, und in dem Augenblick hätte ich alles getan, um die arme Nadine zu trösten; doch ich beherrschte mich und beschränkte mich darauf, in einem freundlicheren Ton hinzuzufügen, dass sie natürlich bei uns bleibe, bis ihr Vertrag ausgelaufen sei, auch ihr Gehalt würde ihr vollständig bezahlt, doch sie würde sich nicht mehr um den Patienten kümmern, auf den sie einen so negativen Einfluss ausgeübt habe. Ich hätte vor, sie der Krankenstation zuzuweisen oder ihr eine andere, weniger verantwortungsvolle Aufgabe zu übertragen.

Es mag Dir merkwürdig vorkommen, doch diese Mitteilung erschütterte sie noch mehr als die Kündigung. Nicht, dass sie den Mut gefunden hätte, Einwände vorzubringen, ich bemerkte es nur an der Art, wie sie mich ansah, ohne Tränen jetzt, aber mit einer Art fragender Starre, als habe sie Mühe zu begreifen, dass sie eine solche Strafe verdient hatte. Was mich, nebenbei gesagt, in meiner Entscheidung bestärkte, denn Nadine hatte wirklich begonnen, einen krankhaften Besitzanspruch auf den Jungen zu erheben, und die Klugheit gebot, sie jetzt von ihm zu trennen, auch unabhängig von diesem nächtlichen Vorfall.

Versteh mich nicht falsch, ich bin kein unsensibles Monster. Ich muss Dir vielmehr gestehen, dass ich gerade ein paar

Zeilen an unseren gemeinsamen Freund geschrieben habe, der seit einigen Jahren mit fragwürdigen Ergebnissen ein Krankenhaus in London leitet (Du weißt natürlich, wen ich meine), um ihn zu bitten, die junge Nadine einzustellen; ich habe mich sogar dazu verstiegen, ihr das schmeichelhafteste Zeugnis auszustellen. Denn auf ihre Art ist sie eine recht gute Krankenschwester, wenn auch gewiss nicht für die Art von Patienten, die wir hier behandeln, doch in einem normalen Krankenhaus wird sie sicherlich zurechtkommen, ohne allzu großen Schaden anzurichten.

Unterdessen erholt sich der Junge, und heute konnte er sogar in den Wintergarten zurückkehren und seinen Flügel wieder in Besitz nehmen, sehr zur Freude der Auserwählten, aber nicht nur. Auch ich fand ungeahnten Trost, der mich begreifen ließ, wie sehr mir diese täglichen Verzückungen fehlen würden. Dabei hatte mich die Musik früher, bevor ich dem Jungen begegnet war, immer ein wenig misstrauisch gemacht; ich hatte sie für eine zweideutige Kunst gehalten, Ausdruck einer trüben Dunkelheit, kurz, das genaue Gegenteil meines Berufs, der darin besteht, Licht und Klarheit in die verworrensten inneren Verwicklungen zu bringen. Jetzt dagegen begann ich zu ahnen, dass die Musik eine Wissenschaft der Seele ist, die sich zwar sehr von unserer unterscheidet, darum aber doch nicht weniger streng ist, und die mich zu wesentlichen Entdeckungen führen könnte, wenn ich nur imstande wäre, ihr Geheimnis zu begreifen; wer weiß, vielleicht könnte sie mich einen Weg lehren, Mrs. Doyle tatsächlich ins Zimmer ihres Sohnes, der kleinen Lisa in die geschlossene und gedämpfte Welt ihrer Einsamkeit und der Gräfin in die Hotelzimmer zu folgen, in denen die Blumen langsam verwelken und der Lippenstift traurige Spuren auf den Handtüchern hinterlässt …

Ja, wenn ich die Wahrheit sagen soll, die Darbietungen unseres Pianisten faszinieren mich jetzt so sehr, dass ich mich fast vor dem Augenblick fürchte, da es irgendjemandem gelingt, ihn zu identifizieren und aus der Klinik zu holen, um ihn an den Ort zurückzubringen, an den er gehört. Doch gibt es einen solchen Ort wirklich? Je mehr Zeit vergeht, desto unwahrscheinlicher kommt mir das vor, obwohl mir Vernunft und Erfahrung ständig das Gegenteil sagen. So absurd es auch erscheinen mag, ich habe das Gefühl, dass das Zuhause des Jungen sich genau hier befindet, zwischen den hohen staubigen Glasscheiben des Wintergartens, wo der alte Steinway jeden Abend wie eine eifersüchtige Ehefrau auf seine Rückkehr wartet.

Es gibt Dinge, welche die Zeit aufheben, und die Musik ist häufig eines davon. Als ich gestern zum Beispiel dieses Intermezzo von Brahms hörte, wollte ich einfach nicht glauben, dass mehr als ein Tag vergangen sei, seit ich es das letzte Mal gehört hatte, dabei ist es, denken Sie nur, fast siebzig Jahre her. Siebzig Jahre, in denen es die ganze Zeit in mir geschlummert hatte, Note für Note, bereit, wieder zu erwachen bei der Berührung durch einen Zauberstab oder das ebenso magische Spiel der Finger dieses Jungen. Siebzig Jahre, nicht eines weniger. Das letzte Mal hatte ich es zu Hause gehört, gespielt von meiner Mutter, als wir noch den alten Familien-Bechstein besaßen und sich an den Wänden des Salons Möbel und Hausrat drängten, die durch die Gewohnheit legitimiert waren und an die ich mich noch in allen Einzelheiten erinnern kann: das Ornament eines Rahmens, die geschwungenen Beine einer Konsole, ja sogar die zarte Stickerei der Vorhänge, welche die Fenster abschirmten.

Der Salon der Rosenthals: Vater, Mutter, zwei Töchter und ein Sohn, der Jüngste, der Einzige, dem es bestimmt war, von der Reise ins Nichts zurückzukehren. Doch in meinem Traum von heute Nacht waren wir noch alle da, Papa im Sessel mit seiner Pfeife, Rahel neben mir auf dem Sofa mit ihrer Strickarbeit, Lidia auf ihrem üblichen Beobachtungsposten am Fenster, und alle lauschten wir der Musik, die Mama für uns auf dem Klavier spielte, womit sie wie jeden Abend eines unserer wesentlichen häuslichen Rituale zelebrierte. Wie jeden

Abend, wie an jedem dieser verlorenen Abende sind auch im Traum die Lampen ausgeschaltet, nur ein Wandleuchter wirft sein Licht auf die geöffnete Partitur auf dem Notenständer und die Hände meiner Mutter, die über die Tasten laufen, während der Rest des Zimmers ins Halbdunkel getaucht ist und die Nippsachen aus Porzellan und Silber in den Vitrinen schwach schimmern.

Der banale bürgerliche Salon der Rosenthals, der mit seiner etwas überladenen Eleganz so vielen anderen glich, wie auch die vor dem Abendessen um den Flügel versammelte Familie so vielen anderen glich. Und doch hat sich in diese gewohnheitsmäßige Ruhe ein Gefühl der Unruhe eingeschlichen, des In-der-Schwebe-Seins, das die Finger der Mama zögern lässt und auch uns Zuhörer ansteckt. Ratlos beobachte ich die anderen aufmerksamer und entdecke, dass mein Vater nervös die erloschene Pfeife in den Händen hin und her dreht, dass Rahel in der Luft strickt und ihrer Arbeit nicht eine Masche hinzufügt und dass in Lidias Blick, als sie sich umdreht, um durch den Spalt der Vorhänge zu spähen, Entsetzen zu lesen ist, als bemerke sie draußen auf der Straße wer weiß was für eine Bedrohung und verfolge heimlich ihr schnelles Näherkommen.

Doch alle, ich eingeschlossen, werden von dieser bangen Erwartung ergriffen, deren Gegenstand ich im Traum nicht zu erraten vermag; und als das Hausmädchen in der Tür erscheint, um uns zu informieren, dass das Abendessen in einer halben Stunde serviert werde, tut sogar sie das mit dem Ton und Ausdruck eines zufriedenen Unglücksboten, und ich muss den Atem anhalten, bis ich höre, dass sich ihre Schritte auf dem Flur entfernen.

Diese kurze Episode erlaubt mir, nebenbei gesagt, den Traum mit einer gewissen Genauigkeit zu datieren: Wir haben noch das arische Hausmädchen, zu dessen Entlassung uns die neuen Gesetze zwingen werden, und auf unseren gut geschnittenen Kleidern ist noch nicht das demütigende sternförmige Zeichen zu sehen. Kurz, ein normaler Abend in einer scheinbar normalen Welt, und im Traum sage ich mir, dass vielleicht nichts geschehen würde, wenn wir nicht so ängstlich wären. Als beschwöre unsere Angst das Grauen, ziehe es an, diese Angst, die ich auf den Gesichtern meines Vaters und meiner Schwestern lese und die jetzt dazu führt, dass die Mama sich in den einfachsten Passagen verspielt.

Doch etwas geschieht, nachdem das Hausmädchen sich entfernt hat. Zuerst fast unmerklich, dann immer deutlicher dringt von der Straße ein Rauschen zu uns, ein Dröhnen, von dem ich nicht weiß, ob es das einer Maschine oder einer erregten Menge ist, und es wird lauter, immer lauter, bis es den Klang des Klaviers vollkommen übertönt. Im Zimmer sagt niemand ein Wort, als hätten wir vereinbart, die Sache mit Stillschweigen zu übergehen. Mit einer jähen Bewegung schließt Lidia den Spalt der Vorhänge und entfernt sich vom Fenster; die Mama spielt eigensinnig noch ein paar Takte, die gedämpft durch den Lärm hindurch an mein Ohr dringen, doch schließlich kapituliert auch das Klavier resigniert und verstummt. Keiner von uns rührt sich, erstarrt im Warten, während draußen das Geräusch immer ohrenbetäubender wird und die Nippesfiguren in den Vitrinen leicht zittern. Und da treibt mich ein kindlicher Instinkt, den Blick meiner Mutter zu suchen, und ich bewege mühsam meine steifen Muskeln und wende mich zum Flügel; doch das Licht des Wandleuchters beleuchtet nur die Partitur, den leeren Schemel und die lange, stumme Oberfläche der Tastatur.

WIE JEDES JAHR wurde das Weihnachtsfest in der Klinik nach den bewährtesten Traditionen begangen, mit Mistelzweig, Stechpalme und prächtig geschmückten Tannen, die an strategischen Punkten in den Gemeinschaftsräumen aufgestellt wurden. Der majestätischste Baum stand im Park, direkt gegenüber den Säulen des Portikus; diejenigen, die in den oberen Stockwerken wohnten, konnten von ihren Zimmern aus durch die Gitterstäbe den großen Kometen sehen, der an der Spitze befestigt war und dessen Funkeln einen wunderbaren Kontrast zum Grau jener Tage bildete; wenn sie dann den Kopf senkten, sahen sie die bunten Nippsachen, die das Grün mit goldenen und scharlachroten Tupfen schmückten, und sie hatten tatsächlich das Gefühl, unter ihnen blühe ein zeitiger Frühling, imstande, den Frost mit seiner künstlichen Pracht herauszufordern. Ihren Höhepunkt erreichte die Illusion nach Sonnenuntergang, wenn in dem dunklen Gezweig der Tanne ein ganzer Schwarm von Glühwürmchen umherschwirrte, und es gab keinen, der so zynisch oder so leidend gewesen wäre, dass er bei diesem Anblick nicht etwas von seinem kindlichen Staunen wiedergefunden hätte.

Am Weihnachtsabend wurde die Festbeleuchtung noch früher als sonst eingeschaltet, um auf jene, die von draußen kamen, gebührend Eindruck zu machen, und in der Tat freuten sich die Verwandten, die zu Besuch gekommen waren, die Gönner und Gönnerinnen, die das Fest zusammen mit ihren

Schützlingen verbringen wollten, und sogar die Ausfahrer, welche die letzten Vorräte brachten, dieses nüchterne Gebäude in einen festlichen und gastfreundlichen Ort verwandelt zu sehen, aus dem sogar die Erinnerung an die Krankheit verbannt zu sein schien. Ärzte und Pflegepersonal hatten für den Anlass auf ihre Kittel verzichtet; nach der Nachmittagsvisite waren sie in bürgerlicher Kleidung erschienen und hatten sich unter die Patienten und Besucher gemischt, was den Anschein der Normalität deutlich unterstrich; doch vor allem das Weihnachtsessen könne, wie der Direktor in seiner Begrüßungsansprache ausdrücklich betonte, ohne weiteres als ein Familienessen betrachtet werden, das Essen einer großen Familie, die sich einträchtig versammelt habe, um gemeinsam das Fest der Freude zu feiern, und zahlreichen Tischgenossen zufolge trug dieser Vergleich, auch wenn er nicht gerade durch Originalität glänzte, dazu bei, den Speisesaal gemütlicher als sonst erscheinen zu lassen, zumindest aber ebenso sehr wie der prächtige Festschmuck, der das einförmige Weiß der Wände verbarg.

Rosenthals leichte Verlegenheit, Nadines verfinstertes Gesicht und die Abwesenheit einiger weniger Spaßverderber, die gerade diesen Tag gewählt hatten, um sich ihren Anfällen zu überlassen, vermochten die Stimmung nicht zu trüben, und als der Weihnachtspudding, an dem man in der Küche bis zur völligen Erschöpfung gearbeitet hatte, endlich flammend auf seinen Tabletts hereingetragen wurde, war die Wirkung so überzeugend, dass sogar die widerstrebendsten Gemüter überwältigt waren.

Und schließlich war auch der stumme Pianist mit freundlicher Bestimmtheit genötigt worden, in den Speisesaal herunterzukommen und an der gemeinsamen Mahlzeit teilzunehmen, und sei es nur, um den Gästen eine Freude zu machen, die begierig waren, wenigstens einen Blick auf diese berühmte Persönlichkeit werfen zu können. Man hatte jedoch eine besondere Vorsicht bei der Wahl seiner Tischnachbarn walten lassen; und so saß er zwischen Mrs. Doyle und der kleinen Lisa, die beide alles andere als gesprächig und wenig geneigt waren, sich für ihre Mitmenschen zu interessieren, während auf dem Platz ihm gegenüber der Direktor über ihn wachte und immer wieder eine Pause in der Unterhaltung mit einer adeligen Gönnerin nutzte, um ihm verstohlen zuzulächeln oder ein ermutigendes Zeichen zu machen. Ein anderer Arzt des Teams war damit beauftragt worden, die Gräfin X in Schach zu halten, die bis zum Schluss darum gebeten hatte, neben dem Pianisten sitzen zu dürfen, und jetzt zutiefst betrübt aus ihrer Verbannung am Ende des Tisches auf jede erdenkliche Weise versuchte, seine Aufmerksamkeit zu erregen.

Doch die Gräfin war nicht die Einzige, die unter einer solchen Verbannung zu leiden hatte; auch Nadine war es ausdrücklich verboten worden, sich dem Jungen zu nähern, und mit tapferer Resignation beschränkte sie sich darauf, ihn aus der Ferne zu betrachten, ohne sich dabei vom Direktor ertappen zu lassen. Wenigstens Weihnachten, dachte sie, während sie lustlos ein paar Löffel Puddig aß, hätte er eine Ausnahme machen können, was hat es für einen Sinn, sich herauszuputzen, wenn man dann an den Tisch ganz am Rand verwiesen wird? Die schreckliche Szene im Arbeitszimmer des Direktors, als der Patient ihrer Pflege entzogen worden war, war erst wenige Tage her, doch schon hatte sie Mühe zu glauben, dass sie eine so vertraute Beziehung zu ihm gehabt hatte, wenn »vertraut« überhaupt das angemessene Wort war, um eine Beziehung zu bezeichnen, die auf so wenig Gegenseitigkeit gründete. Doch war das immer noch besser als die absolute Fremdheit, zu der sie jetzt verurteilt war, ohne dass ihre bisherigen Verdienste gewürdigt worden wären, als sei nicht sie diejenige gewesen, die den Jungen am Strand gefunden und in Sicherheit gebracht hatte, in die undankbaren Mauern dieser Klinik.

Seufzend schob Nadine die Schale mit dem Pudding von sich. Gott sei Dank hielten ihre Tischgenossen, Dienstpersonal und Kollegen auf den untersten Stufen der Karriereleiter, die wussten, dass sie in Ungnade gefallen war, es für angebracht, sie zu ignorieren, und versuchten gar nicht erst, mit ihr ins Gespräch zu kommen. So kann ich, dachte sie, wenigstens in aller Ruhe leiden. Und tatsächlich kostete sie ihren Schmerz mit bitterer, verbissener Wollust bis zur Neige aus, indem sie ihren Patienten unablässig beobachtete und die ganze Zeit über den Kontrast zwischen der fröhlichen Weihnachtsstimmung und dem düsteren und unsicheren Schicksal nachgrübelte, das sie erwartete. Jetzt, da sie bald gehen würde, kam ihr dieser Ort, an dem sie sich nie hatte eingewöhnen können, plötzlich wie ihr Zuhause vor, wie ein Nest, aus dem sie auf grausame Weise vertrieben wurde; auch an das Red Lion dachte sie mit vorweggenommener Wehmut, überzeugt, dass ihr nicht nur das ausgezeichnete Bier und die warmen holzgetäfelten Wände fehlen würden, sondern auch der Barkeeper, die Gäste, ja sogar das abweisende Schweigen oder die flüchtigen Grüße, mit denen sie beim Betreten des Lokals empfangen worden war. In der riesigen Stadt würde sie auch nicht mehr den Geruch des Meeres riechen, diesen stechenden und salzigen Geruch nach Horizont, den sie hier überall einatmete und der sie in eine angenehme Erregung versetzte wie ein zu schnell getrunkenes Glas Wein.

Als der Direktor erneut aufstand, um mit dem ganzen Saal anzustoßen, nahm auch sie mechanisch ihr Glas und hob es, bevor sie es an die Lippen führte, in Richtung des Jungen, der einzigen Person im Raum, mit dem sie gern diese Geste des gegenseitigen Glückwünschens vollzogen hätte. Dann holte sie unter den entsetzten Blicken ihrer Tischgenossen ein Päckchen Zigaretten und ein Feuerzeug aus der Tasche und ging zur Tür, um draußen eine zu rauchen. Es machte ihr nichts aus, dass sie ein schlechtes Beispiel gab, wenn sie das unausgesprochene Verbot missachtete, öffentlich diesem ungehörigen Laster zu frönen, das jeden, der sich ihm hingab, zum Außenseiter stempelte; ausgegrenzt war sie sowieso schon, und noch mehr bestrafen, als es bereits geschehen war, konnte man sie nicht; daher wollte sie diese Freiheit, die sie sich so teuer erkauft hatte, auch genießen. Sie gönnte sich den Luxus, ihr Verbrechen herausfordernd zur Schau zu stellen, indem sie mit der unangezündeten Zigarette zwischen den Lippen am Tisch des Direktors vorbeiging; doch dieser bemerkte sie gar nicht, zu sehr war er damit beschäftigt, höfliche Einsilber in das unerschöpfliche Geplapper der Gönnerin einzustreuen. Als sie hinter dem Jungen vorbeiging, berührte Nadine ihn flüchtig wie aus Unachtsamkeit, was ihre Art war, ihm alles Gute zu wünschen; dann beschleunigte sie ihren Schritt, erschrocken über ihre Kühnheit, und befand sich kurz darauf im Freien, unter einer dunklen Stechpalmengirlande, und die Flamme ihres Feuerzeugs flackerte schwach in der Nachtluft.

Und so haben wir Gott sei Dank die Weihnachtsstrapazen hinter uns gebracht. Ich muss zugeben, dass mir die Anwesenheit der Gäste von außen in diesem Jahr besonders unangenehm war, vielleicht auch wegen des stummen Pianisten, der in ihren Augen eine touristische Attraktion erster Güte darstellte. Nicht, dass sie ihn belästigt hätten, das hätte ich natürlich nicht zugelassen, doch seit Beginn des Essens war seine scheue Gestalt im grauen Trainingsanzug Gegenstand einer ebenso verhohlenen wie aufdringlichen Neugier, und als ich die Besucher miteinander tuscheln sah, machte ich mir keine Illusionen, worüber sie sprachen. Ich weiß, Du wirst sagen, ich sei ein alter Bär geworden, doch zum ersten Mal konnte ich den mondänen Ton der Gönnerinnen, die grobe Herzlichkeit unserer Wohltäter nicht ertragen, als sei das alles fehl am Platz an einem Ort wie diesem, der der Stille und der Musik geweiht ist.

Ja, die Musik. An diesem nicht enden wollenden Tag mussten wir erneut darauf verzichten, denn trotz ihres Drängens erlaubte ich dem Jungen nicht, vor den Gästen zu spielen; für mich wäre das einem Verrat, ja einer Profanierung gleichgekommen.

Du kannst Dir vorstellen, mit welcher Ungeduld ich nach diesem Opfer am nächsten Tag darauf wartete, dass die Sonne unterging, um mich in den Wintergarten zu begeben, in der Hoffnung, dort für die erlittenen Entbehrungen reich entschädigt zu werden. Und tatsächlich drang auf dem Flur bereits der Ruf des Klaviers an mein Ohr, ein mittlerweile vertrauter Ruf, auch wenn das Stück, das der Junge spielte, ganz und gar neu für mich war.

Es handelte sich um eine Fuge, zumindest kam es mir so vor, als ich auf Zehenspitzen den Raum betrat, und als der Banause, der ich bin, schrieb ich sie zunächst Bach zu, aber einem merkwürdig krankhaften, gleichsam schwarz verschleierten Bach, und das so sehr, dass mir nach einiger Zeit Zweifel an meiner Zuschreibung kamen. Ich näherte mich daher Rosenthal, um seinen Rat einzuholen, dem allwissenden, hilfsbereiten Rosenthal, an den man sich in solchen Situationen immer vertrauensvoll wenden kann. Er hörte so konzentriert zu, dass ich meine Frage zweimal wiederholen musste, bis er mit Mühe den Blick eines Menschen auf mich richtete, der jäh aus einem Traum oder Albtraum gerissen wird, und den Nebel meiner Unwissenheit vertrieb, indem er mir erklärte, es handele sich in der Tat nicht um Bach, sondern um einen gewissen César Franck, einen französischen Komponisten des 19. Jahrhunderts, dessen Name mir nie begegnet war und dessen Musik, nach der Probe zu schließen, die mir da geboten wurde, auf keinen Fall ohne Rezept in Umlauf gebracht werden sollte. Schon wegen dieses düsteren und verschlungenen Verlaufs, der die labyrinthischsten Windungen eines kranken Hirns in Töne zu setzen scheint, ist es nichts, das leichten Herzens in einer Klinik wie unserer verbreitet werden darf, doch darum machte der Junge sich keine Gedanken, er spielte weiter in einer Art selbstvergessenem Rausch (sein normaler Zustand am Klavier), und mir blieb nur, mich neben Rosenthal zu setzen, um mit ihm die weitere Entwicklung zu verfolgen.

Nach einer Weile bemerkte ich, dass ich Mühe hatte zu atmen, zweifellos wegen dieser Musik, in der es (ich hoffe,

Du verstehst, was ich sagen will) keine Luft, kein Licht oder keinen Raum gab, sondern die geschlossene Atmosphäre gewisser im Halbdunkel liegender Innenräume. Sogar die Kuppel des Wintergartens wirkte bedrückend wie eine zu niedrige Decke, und die Scheiben hatten sich, anstatt sich auf den Himmel zu öffnen, in perverse Spiegel verwandelt, die mir allein das Abbild meiner Obsessionen zeigten; und doch hätte ich um nichts auf der Welt diesen Raum verlassen, bevor das Stück zu Ende war, und auch die Patienten schienen gebannt zu lauschen. Mr. Brown, der zu meiner Linken saß, hatte nach einem schüchternen Versuch aufgehört, wie üblich Zahlen auf sein Blatt Papier zu schreiben; jetzt zeichnete er Spiralen, konzentrische Kreise, bizarre Geometrien, die mich vage an die beängstigenden Fallen von Escher oder Piranesi erinnerten; vielleicht wird Dir das mehr als meine zwangsläufig ungeschickten Beschreibungen helfen zu verstehen, wie weit wir nicht nur von der weihnachtlichen Stimmung, sondern von jeder Vorstellung eines gesunden Zeitvertreibs entfernt waren.

Schon merkwürdig, wie die extremen Hervorbringungen der Kunst besonders sensible Saiten in der Seele der Kranken zu berühren vermögen und gerade darin eine präzise Entsprechung finden. Ich werde Dir etwas sagen: In letzter Zeit muss ich immer wieder lächeln, wenn ich Artikel lese, welche die Heilkräfte der Musik preisen; selbst wenn es so wäre, würde es nur für die weniger interessanten Fälle gelten. Die Musik, die ich unter der kundigen Leitung unseres Pianisten kennengelernt, die ich fürchten und lieben gelernt habe, scheint, anstatt die Verletzungen der Kranken zu lindern, auf eine beunruhigende Vermischung ihrer Welt mit unserer hinzudeuten, und während gestern die Klänge César Francks gewunden zur gläsernen Kuppel des Wintergartens emporstiegen, sagte ich mir, dass der alte Platon so unrecht nicht hatte, dass es wirklich der Wahnsinn oder etwas sehr Ähnliches ist, der uns Sterblichen die größten Begabungen schenkt. Ein Eingeständnis, nach dem ich, wie Du mit Sicherheit bemerken wirst, besser den Beruf wechseln sollte.

BROWN HATTE KEINE Lust, an diesem Betriebsausflug teilzunehmen; nein, Doktor, ich hatte keine Lust, aber ich ließ mich trotzdem überreden, in einen Reisebus zu steigen und mich mit meinen Kollegen durch Europa kutschieren zu lassen. Er hat viel gesehen, der alte Brown, vor allem Autobahnen und Rastplätze, an den Rest erinnere ich mich nur undeutlich: prächtige Säle, die ich, angetrieben von unserem Reiseführer, eilig durchquere, Fialen und Glockentürme, die wie Bäume auf den Dächern der Kirchen emporragen, Statuen und bemalte Figuren, die sich um mich herum drängen, und vor allem das Grauen dieser ständigen Verwirrtheit, dieser Augenblicke der Angst, in denen ich nicht mehr wusste, wo ich war. Die anderen amüsierten sich, glaube ich, aber Brown hatte nur den einen Wunsch, nach Hause zurückzukehren; bereits in Amsterdam wollte ich umkehren, denn ich bekam keine Luft in diesem geschlossenen Netz von Kanälen, zwischen diesen hohen, schmalen Häusern, die sich an den Ufern mit der Unerbittlichkeit eines Albtraums aneinanderreihten; doch am nächsten Tag kauerte ich erneut auf meinem Sitz hinten im Bus und betrachtete durch das Fenster das graue Band einer Autobahn, die laut unserem Führer Deutschland durchquerte, er sagte es mit Wohlgefallen, als sei es tatsächlich von Bedeutung, ob sie in Deutschland war oder anderswo oder dass der breite Fluss neben uns »Rhein« hieß, einer von tausend Namen, die er haben konnte. Irgendetwas zerbröselte langsam in Browns Kopf, während die Landschaft vor dem Fenster an ihm vorbeizog; eine Art geräuschvoller Staub wirbelte in meinem Gehirn schon seit Tagen herum und hinderte mich daran, meine Stimme zu hören, wenn ich sprach. Doch ich sprach fast nie, auch die Kollegen bezogen mich nur selten in die Unterhaltung ein, dabei ist der alte Brown immer ein guter Gesellschafter gewesen, und seine Witze sind geradezu berühmt für ihren unwiderstehlichen Humor, fragen Sie, wen Sie wollen, Doktor, in der Zentrale und sogar in der Filiale in Glasgow, aber ich erinnere mich nicht mehr an diese Witze, schon damals konnte ich mich nicht mehr an sie erinnern, sosehr ich mich auch anstrengte. Zerkrümelt auch sie, wie alles Übrige, in diesem verdammten Staub, der sich einfach nicht absetzen will.

Dann, wann, weiß ich nicht, lädt uns der Bus in einer Stadt aus, die Salzburg heißt. Brown stellt sich in die Schlange, um auf die Toilette zu gehen, dann stellt er sich mit den anderen an, um eine Seilbahn zu nehmen, die hinaufführt zu einer gewaltigen Burg hoch oben auf dem Hügel. Wir hatten sie von unten betrachtet, und jetzt blickten wir von oben hinunter auf die Dächer und grünlichen Kuppeln der Stadt. Dann geht der Führer mit uns in die Burg hinein, die Brown eher wie ein Gefängnis vorkommt mit ihren hohen nackten Mauern, ihren schmalen Laufgräben und ihren überdachten Durchgängen, in denen die Stimmen widerhallen wie in einer Schlucht. Dann wieder hinunter, zu Fuß diesmal, eine von Bäumen gesäumte Allee und wieder Kirchen, Brunnen, Palais, denen die Reisegruppe jeweils einen Augenblick der Bewunderung widmet, bevor sie weiterhetzt. Die Sonne steht bereits tief, und immer wenn er aus dem Halbdunkel eines Kirchenschiffs oder eines Hofs plötzlich wieder ins Freie tritt, muss Brown die Augen halb schließen, um nicht geblendet zu werden.

Dann der Lärm des Restaurants, so laut, dass er das staubige Rauschen meiner Gedanken übertönt, die schon etwas kalten Gerichte, die die Kellner patzig vor mich stellen, das Geplauder der Kollegen, an dem ich nicht teilnehmen kann oder will, obwohl ich manchmal, ohne den Grund zu kennen, um nicht aufzufallen, in ihr schallendes Gelächter einstimme. Erst als das Abendessen schon halb vorbei ist, bemerke ich hinten im Saal eine kleine Gruppe von Musikern im Pagenkostüm, die mit Flöten und Geigen vergeblich versuchen, sich Gehör zu verschaffen; vielleicht versuchen sie es auch gar nicht erst. Dann, im Hotel, die Zuteilung der Zimmer; Brown ist mit einem anderen Angestellten derselben Abteilung untergebracht, einem Typen namens Challenger (er hieß wirklich so, wenn ich mich nicht irre), der ihm früher sogar einmal sympathisch gewesen war, auf dessen Anwesenheit er jetzt aber gern verzichtet hätte, da er das Bedürfnis verspürte, allein zu sein und Ordnung in seinen verwirrten Geist zu bringen. Zum Glück hatte ich ein wenig Arbeit mitgenommen, Bilanzen, die bis Ende des Monats geprüft werden mussten, es war nicht besonders dringend, aber sie lieferten mir immerhin einen Vorwand, mich abzusondern, und außerdem (glauben Sie nicht auch?) ist das Rechnen immer das wirksamste Mittel, wenn man durcheinander ist, denn es zwingt das Gehirn zu Strenge, zu Genauigkeit, dazu, gerade seinen Weg zu gehen, ohne sich in riskante Abschweifungen zu verlieren. Und daher setzte Brown sich an das Tischchen und begann die Bilanzen durchzugehen, während der Kollege Challenger sich, gezwungen, das gebotene Schweigen zu respektieren, resigniert mit einem Kriminalroman ins Bett legte. Schon bald hörte ich ihn schnarchen, doch dieses Geräusch störte mich überhaupt nicht, im Gegenteil, es hatte etwas Beruhigendes, war sozusagen eine anhaltende und wahrnehmbare Garantie für meine Einsamkeit. Was mich jetzt störte, waren die Zahlen; je länger er arbeitete, desto mehr hatte Brown das Gefühl, dass sie sich jeder Logik widersetzten und sich in verrückte, unberechenbare Entitäten verwandelten, die sich auf den Seiten in vollkommen sinnlosen Kombinationen gruppierten.

In meinem ganzen Leben hat mich nichts mehr bestürzt als dieses Chaos, das sich auf einmal dort zeigte, wo ich Ordnung und Klarheit erwartet hatte, als dieser unvermutete Aufstand der Zahlen, die ich stets für das gefügigste Instrument gehalten hatte und die jetzt auf einmal ein feindliches, ja wildes Wesen offenbarten und meine Vernunft ganz offen herausforderten. Es war unmöglich, mit ihnen zurechtzukommen, unmöglich, sie erneut zum Gehorsam zu zwingen. Während Challenger selig im Bett neben ihm schnarcht, spürt der arme Brown, dass er keine Luft bekommt, so sehr erschüttern ihn diese absurden Zahlenreihen.

Schließlich muss ich hinausgehen. Ich lasse die Akten mit den Bilanzen auf dem Schreibtisch liegen und stürze wie ein Flüchtling auf Zehenspitzen aus dem Zimmer. Und wie ein Flüchtling gehe ich die Treppen hinunter, stehle mich mit gesenktem Haupt an der Rezeption vorbei und wage mich schwer atmend in das dunkle Gewirr der Gassen um das Hotel. Während er so läuft, blickt Brown sich um, ohne irgendetwas zu erkennen, keine Straße, kein Gebäude, nicht einmal das Schild eines Geschäfts, als setze er zum ersten Mal den Fuß in diese Stadt, die er kurz zuvor kreuz und quer, immer dem Führer hinterher, erkundet hatte, doch es ist nicht dieselbe Stadt, wenigstens kommt es ihm so vor; dies ist ein stiller und verzauberter Ort, wo nicht der Schatten eines Passanten zu sehen ist, nur die eine oder andere Statue, die ihn aus einer Nische, von einem Sockel, vom Frontgiebel einer Kirche aus beobachtet und ihm mit ihrem steinernen Blick eine große, geheimnisvolle Ruhe verspricht.

Die Straße, die ich entlanggehe, ist ziemlich dunkel, doch jetzt öffnet sich unerwartet eine Lichtoase vor mir, ein weiter Platz, umgeben von Gebäuden in zartem Grau, in deren Mitte sich der sprühende und funkelnde Strahl eines Springbrunnens erhebt. Wie ein Nachtfalter wird Brown von diesem Licht angezogen, begibt sich auf den menschenleeren Platz und nähert sich dem Brunnen, bis er von dem Strahl bespritzt wird. Dann entdeckt er am Ende des Platzes eine Art Bogengang und in dem Bogengang ein weiteres Licht, schwächer und unauffälliger, woraufhin er in diese Richtung geht, und als er in dem Bogengang ist, sieht er, dass sich auf der anderen Seite ein zweiter Platz öffnet, der, verglichen mit dem ersten, so klein und abgeschieden ist, dass er an einen Kreuzgang oder den Hof eines Palais erinnert. Auf einer Seite des Platzes erhebt sich die weiße Fassade einer Kirche, die von Marmorfiguren bewacht wird und die ich, wie mir zunächst scheint, noch nie gesehen habe, so wenig ähnelt sie dem überfüllten Dom vom Nachmittag. Aber da ist noch etwas anderes, etwas, das Brown erst nach einer Weile bemerkt; während er die Fassade betrachtet, ist ihm, als höre er einen Klang, der vom entgegengesetzten Ende des Platzes kommt, eine leise, zitternde Melodie, die zweifellos von einem Blasinstrument hervorgebracht wird. Als ich mich umdrehte, sah ich, dass sich dort hinten ein Bogengang wölbte, der demjenigen, aus dem ich gekommen war, genau glich (ich erinnere mich an den Trost, den die Entdeckung dieser Symmetrie mir spendete), und unter dem Bogengang sah ich im schwachen mondhaften Licht der Laternen eine Gestalt im Pagenkostüm mit Perücke, Herrenüberrock, Pluderhose und glänzenden Seidenstrümpfen, die, an eine Säule gelehnt, Flöte spielte. Sie schien eigens für mich aufgetaucht zu sein, um mich vollends in den Zauber dieser nächtlichen Stadt zu verstricken, und man kann es nicht anders als Hexenwerk nennen, dass ausgerechnet Brown, der die Musik nie gemocht hatte und die klassische Musik erst recht nicht, jetzt nicht aufhören konnte zuzuhören und gezwungen war, fast gegen seinen Willen dazubleiben und mit merkwürdig klopfendem Herzen der Melodie der Flöte zu lauschen. Als ginge es um mein Leben. Als könne mir jetzt der Sinn der Dinge, den ich verloren zu haben glaubte, unverhofft von dieser reinen magischen Melodie zurückgegeben werden und es läge nur an mir, sie festzuhalten oder zuzulassen, dass sie sich für immer auflöste.

Es war ein Kampf gegen den Staub, Doktor, den Brown da vor dem Salzburger Dom kämpfte, unter den Blicken der Statuen, die als unbeteiligte Zeugen seiner Prüfung beiwohnten; ein Kampf gegen den unablässigen Wirbel, den er seit Monaten in seinem Kopf spürte, gegen die Welt, die um ihn herum zerbröckelte, gegen die zügellose Anarchie der Zahlen, für deren Gebieter er sich früher gehalten hatte. Und während ich zuhörte, hatte ich immer mehr das Gefühl, dass dieses Chaos sich tatsächlich in eine Art Ordnung zurückverwandelte, eine grundlegend andere Ordnung als die, die ich gewöhnlich mit diesem Begriff verband, doch ebenso präzise wie ungreifbar durch eine Entsprechung mit dem Gesetz verbunden, das die Abfolge der Töne in der Melodie regierte. Jetzt zogen die Zahlen der Bilanzen deutlich und verständlich vor seinen Augen vorbei, endlich von jedem Fehler gesäubert: nicht die bereits geschriebenen Zahlen, sondern die richtigen, die er unbewusst den ganzen Abend verfolgt hatte und die sich jetzt eine nach der anderen als unbedingt notwendig erwiesen.

Ich glaube, ich bin gegangen, als der Flötist noch spielte;

und diese Musik, die mir so leise vorgekommen war, begleitete mich auf dem ganzen Weg, auf den ineinander übergehenden hellen Plätzen, im Halbdunkel der Gassen, durch die Eingangshalle des Hotels und im Lift, der mich quietschend zu meinem Zimmer hinaufbrachte. Ich hörte sie noch, als ich mich, ungeachtet der Proteste von Challenger, den ich mit meiner plötzlichen Rückkehr geweckt haben musste, an den Schreibtisch setzte; und im Schein der Nachttischlampe begann ich die Bilanzen zu korrigieren, indem ich mit resoluten Federstrichen die falschen Zahlen durchstrich, rasch, wie unter Diktat, in dem Bestreben, fertig zu werden, bevor die Inspiration mich verlassen und die Dinge sich wieder in einem unsinnigen Staub verlieren würden. Dann schloss Brown erschöpft und glücklich die letzte Akte und ging ins Bad, um sich auszuziehen. Er trällerte sogar, so fröhlich war er; er trällerte die Melodie, die noch immer in seinem Kopf erklang und vielleicht für immer erklingen und das ungezügelte Gewimmel der Gedanken in Schach halten würde.

Als ich aus dem Bad kam, sah ich Challenger, der über den Schreibtisch gebeugt mit verwunderter Miene die Bilanzen durchblätterte. Als er meine Gegenwart spürte, richtete er sich mit einem Ruck auf und wandte sich mir zu; um mich zu beglückwünschen, dachte ich, von Kollege zu Kollege, so wie jemand, der nicht vom Neid geblendet ist, es angesichts eines so perfekten Ergebnisses zwangsläufig tun musste. Doch als er meinen Blick kreuzt, wendet er die Augen mit einem seltsam verlegenen Gesichtsausdruck ab und kehrt ohne ein Wort ins Bett zurück, während ich reglos auf der Schwelle stehe und zuhöre, wie die Musik langsam verstummt.

OBWOHL NIEMAND SIE ausdrücklich eingeladen hatte, schloss sich auch Nadine der kleinen Gruppe von Ärzten, Patienten und Pflegepersonal an, die kurz vor Mitternacht Mäntel und Winterjacken angezogen hatten, um in den Park hinauszugehen. Immer noch besser, als die Atmosphäre düsterer Festlichkeit der Gemeinschaftsräume mit den staubigen Girlanden und den Kranken zu atmen, die mit Hütchen und Tröten bewaffnet umherliefen und eine makabre Parodie des Vergnügens inszenierten; und außerdem war es ihre letzte Gelegenheit, das Feuerwerk zu bewundern, das an Neujahr in jedem Küstenort veranstaltet wurde. Schon auf der Schwelle der Klinik konnte sie das fröhliche Geprassel hören, doch gedämpft und in der Ferne, so wie die farbigen Phantasiegebilde, die weit weg und kaum erkennbar am Himmel funkelten, weshalb sich die Zuschauer, nachdem sie sich kurz beraten hatten, auf den Weg zum Küstenvorsprung machten, langsam trotz der Kälte, um den Sekt in den Pappbechern, den jeder zum Anstoßen um Mitternacht in der Hand hielt, nicht zu verschütten.

Viele blieben am Rand des Parks stehen und begnügten sich mit dem großen Stück Himmel, das sich zwischen den Bäumen öffnete, doch die Wagemutigsten, zu denen auch Nadine gehörte, begaben sich geradewegs auf den Pfad, der zum Strand führte, entschlossen, zumindest ein paar Meter hinunterzugehen, um das Feuerwerk über dem Meer zu genießen. Und so gelangten sie zu der Wegbiegung, die Nadines bevorzugter Beobachtungspunkt auf ihren Spaziergängen war; nachts war sie allerdings noch nie hierhergekommen, und jetzt bemühte sie sich, jedes kleine Detail dieses so vertrauten Ausblicks in dem flüchtigen Licht zu erkennen, das die Raketen, die bengalischen Feuer und die Feuerräder vor ihr entzündeten, bevor sie in einer bunten Garbe erloschen, worüber sie die anderen beinahe vergaß. Dunkle, undeutliche Formen, die nur abschnittsweise von der Blässe der Klippen erhellt wurden, bildeten das Küstenrelief, und das Meer war ein schwarzer Spiegel, auf den das Feuerwerk flüchtige Tänze projizierte; doch in ihrer Nähe, fast zu ihren Füßen, konnte Nadine den Strand erkennen, einen langen milchigen Streifen, durchfurcht von den schrägen Schatten der Hütten, und als sie ihn sah, begriff sie, dass nicht nur die reine Neugier sie dorthin gelockt hatte. Sie hatte die Absätze ihrer Schuhe auf diesem unbequemen Pfad riskiert und war immer wieder gestolpert, bevor jemand geruhte, ihr den Arm zu reichen, in der unbewussten Absicht, einen Abschied zu feiern in dieser strahlenden Welt der Festbeleuchtung und Knallerei.

Jetzt war ihr, als würde sie den großen Seestern auf dem Sand sehen, genau an jener Stelle, auf halbem Weg zwischen dem Wasser und den Hütten. Wie viel Zeit ist seit damals vergangen, dachte sie, wie viele Dinge sind geschehen? Doch in Wirklichkeit, musste sie plötzlich nach einem Seufzer zugeben, waren nur wenige Monate vergangen, und eigentlich war gar nichts geschehen, abgesehen von ihrer Entlassung, ein trauriger und unrühmlicher Epilog für das, was sich als das aufregendste Abenteuer angekündigt hatte.

Als das Crescendo des Feuerwerks und die Erregung ihrer Begleiter ihr ankündigten, dass Mitternacht heranrückte, senkte sie den Blick auf ihren Pappbecher und entdeckte, dass von dem Sekt nur noch ein paar Tropfen übrig waren;

den Rest musste sie auf dem Weg verschüttet haben. Sie warf den Becher auf den Boden und zertrat ihn mit dem Absatz, gedemütigt durch das, was ihr wie die x-te Bestätigung ihres Pechs vorkam; dann machte sie sich allein auf den Weg zurück zur Klinik, während die anderen anstießen und Raketen und Feuerräder weiterhin in aller Farbenpracht explodierten, ohne die geringste Rücksicht auf ihre Gefühle zu nehmen.

Ja, dachte sie, als sie erneut den Park durchquerte, in Wirklichkeit ist überhaupt nichts passiert. Trotz der Rettung am Strand, an die sie sich noch immer voller Rührung erinnerte, und trotz der tausend Aufmerksamkeiten, mit denen sie ihn in diesen Monaten so hingebungsvoll überschüttet hatte, würden sie sich wie Fremde trennen, und während sie anderswo versuchen würde, ihren Lebensunterhalt zu verdienen, würde der Junge weiter in dieser Klinik vor sich hin vegetieren, ohne dass irgendjemand auch nur die geringste Anstrengung unternähme, ihn wirklich von seiner Apathie zu heilen. Es sei denn, versteht sich, sie würde sich, bevor sie ging, entschließen, alles zu riskieren, und einen letzten kühnen Versuch wagen, indem sie eine Idee, mit der sie schon seit einer Weile liebäugelte, in die Tat umsetzte, wozu ihr bisher immer der Mut gefehlt hatte.

Als Nadine klein gewesen war, hatte sich keine Mutter oder Großmutter an ihr Bett gesetzt, um ihr ein Märchen zu erzählen, nachdem sie sie sorgfältig in frisch gewaschene Laken gehüllt hatte. Nein, eine solche Kindheit hatte sie nie gehabt, und doch erinnerte sie sich vage an eine Geschichte, in der die Prinzessin, aufgrund eines bösen Zaubers in bleiernen Schlaf gefallen, endlich durch den Kuss des Prinzen wieder zum Leben erweckt wird; eine Geschichte, deren mögliche Analogien zu ihrer Situation selbst dem zerstreutesten Auge nicht entgangen wären. Und hatte der Kuss in vielen ihrer Lieblingsfilme nicht ebendiese wundertätige Kraft, erstarrte Herzen wieder schlagen zu lassen, indem er nach einer langen Serie von Missverständnissen den Funken der Liebe zwischen zwei Menschen überspringen ließ? Ja, sogar die strahlenden Biographien der Herzoginnen und Popsänger waren voll von Küssen, ausgetauscht mit ebenso berühmten Partnern und unfehlbar festgehalten vom Objektiv eines Paparazzos … Es spielte keine Rolle, dass ihre wenigen diesbezüglichen Erfahrungen nicht sonderlich begeisternd geraten waren und bestenfalls die Erinnerung an einen feuchten, unbeholfenen Kuss bei ihr hinterlassen hatten, nach dem sie gewöhnlich das Bedürfnis verspürt hatte, sich den Mund mit dem Taschentuch abzuwischen, oder an ein hastiges Vorspiel zu anderen entscheidenderen Annäherungen; Tatsache war, dass sie in ihrem Leben noch nie eine berühmte Persönlichkeit geküsst hatte. Doch wenn sie jetzt ihre Lippen auf die des stummen Pianisten drücken würde, würden sich die Trostlosigkeit der vergangenen Tage und die quälende Angst vor der Zukunft vielleicht mit einem Schlag auflösen, würde die Zeit vielleicht wirklich anhalten wie in den Liebesromanen, um einem Augenblick tiefer, perfekter Befriedigung Raum zu geben, ohne Tränen und Trennungen, ohne jede Spur dieses bösen Zaubers, der ihren Prinzen zum Schlaf und zur Teilnahmslosigkeit verurteilt hatte.

Wie auch immer, der Versuch musste gewagt werden. Als sie die Klinik betrat, war sie so überzeugt davon, dass sie sich sofort auf die Suche nach dem Jungen machte. In der Atmosphäre der Ausgelassenheit, die – so künstlich und auf eine gewisse Weise gespenstisch sie auch sein mochte – die Wachsamkeit erheblich entspannt hatte, hoffte sie, ihn in einen abgelegenen Winkel locken zu können, vielleicht unter einen Mistelzweig, wo sie ihn nach Belieben küssen konnte, sodass selbst der Direktor, sollte er sie durch einen unglücklichen Zufall entdecken, nichts dagegen einwenden könne. Doch während an Mistelzweigen kein Mangel herrschte, war der Junge unauffindbar. Nadine lief lange durch die Gemeinschaftsräume und blickte sich mit wachsendem Misstrauen um, bis ihr die Idee kam, im Wintergarten nach ihm zu suchen; nur dort konnte er sein, es sei denn, er hatte sich, um dem festlichen Trubel zu entgehen, in sein Zimmer zurückgezogen.

Sorgfältig darauf achtend, nicht bemerkt zu werden, schlüpfte sie also in die überdachte Loggia und beglückwünschte sich, als sie in der Ferne die ersten Töne vernahm. Anscheinend hatte der Junge den Deckel ungeöffnet gelassen, um den Klang zu dämpfen und nicht durch die Anwesenheit von Zuhörern gestört zu werden; und dass er beschlossen hatte, das Jahr auf diese Weise zu beginnen, im vertrauten Zwiegespräch mit dem verhassten Instrument, ärgerte sie nicht wenig, auch wenn es ihren Absichten entgegenkam.

Mit einer abrupten, fast herrischen Bewegung öffnete Nadine die Tür zum Wintergarten. Drinnen war es eiskalt, da niemand daran gedacht hatte, die Heizstrahler einzuschalten; auch die Lampen waren ausgeschaltet, lediglich die weißen Strahlen der im Park verstreuten Laternen und das blinkende Licht des großen Weihnachtsbaums drangen durch die Scheiben und ließen hier einen Armsessel, dort einen Eisenbogen und hinten, gleichsam in der Luft schwebend, die Hände des Pianisten, die mit leichtem Anschlag über die Tasten liefen, aus der Dunkelheit hervortreten. Nach kurzer Überlegung ließ Nadine alles, wie es war; für das, was sie sich vorgenommen hatte, war die Dunkelheit sogar besser, das tiefe Halbdunkel würde ihr helfen, den Anfall von Schüchternheit zu überwinden, der sie jetzt, im denkbar ungünstigsten Augenblick, überfiel und sie auf der Schwelle zu lähmen drohte. Doch beschützt von der Dunkelheit wie eine Schnecke von ihrem Haus, gelang es ihr, mit einer gewissen Keckheit bis zum Podium zu gehen.

Er hatte ihr Kommen bemerkt und zu spielen aufgehört; in der Stille hörte Nadine die Stufen des Podiums unter ihren Schuhen knarren, als sie mit angehaltenem Atem langsam zu ihm hinaufging. Jetzt konnte sie den Rücken des Pianisten erkennen, den steifen Nacken, das leichte Schimmern seines Haars, und sie streckte den Arm ins Dunkel aus und zwang ihn sanft, sich zu ihr umzudrehen. Als fürchte sie, den Mut zu verlieren, wenn sie noch einen Augenblick länger zögerte, beugte sie sich hinunter, um ihn zu küssen, und suchte ängstlich seinen Mund. Der Junge saß reglos da; er zeigte keinerlei Reaktion, nicht einmal, als es Nadine nach mehreren vergeblichen Versuchen gelang, ihre Lippen mit immer wütenderer Hartnäckigkeit auf seine zu drücken in dem Bemühen, seine Teilnahmslosigkeit um jeden Preis zu durchbrechen.

Von wegen Prinz und Prinzessin, dachte sie schließlich, zog sich mit einem Ruck zurück und schaute ihn mit Tränen in den Augen an. Da bemerkte sie, dass auch er sie ansah, so starr wie nie zuvor, doch anstatt sie zu beruhigen, verstärkte dieser Blick ihre Gereiztheit noch. »Ich muss die Klinik verlassen«, schrie sie ihn an, »weißt du nicht, dass ich weggehen muss? Für immer, und daran bist du schuld.«

Auch später würde Nadine, sollte sie sich an diese Episode erinnern, nicht sagen können, in welcher Sprache sie diese Worte hervorgestoßen hatte; doch wie auch immer, der Junge schien sie zu verstehen, denn kaum hatte er sie vernommen, neigte er leicht den Oberkörper in ihre Richtung; ein Abschied oder eine Geste der Entschuldigung oder vielleicht, dachte Nadine in Erinnerung an zufällig gesehene Fernsehsendungen, lediglich die kurze Verbeugung, die ein Pianist manchmal, ohne von seinem Schemel aufzustehen, zum Publikum macht, um ihm während des Konzerts zu danken.

»In drei Tagen«, fügte sie mit gebrochener Stimme hinzu, und er hob erneut den Blick und sah sie an, wandte ihn dann aber fast sofort ab und drehte sich wieder zum Flügel, um weiterzuspielen, während die Lichter des Weihnachtsbaums ihre pulsierende Phantasmagorie auf die Scheiben malten und Nadine schweigend die knarrenden Stufen hinunterging.

Ich weiss, Doktor, die Dosis, die ich nehme, ist schon das Maximum für meinen zerrütteten Körper; in meinem Alter ist alles schwer zu ertragen, auch die Medikamente, aber sagen Sie mir, was für ein anderes Mittel mir bleibt, um die Flutwelle der Träume einzudämmen. Manchmal denke ich, bevor ich die Augen schließe, dass ich verrückt werde, wenn ich erneut diese Bilder vor mir sehe, den Schnee, die Baracken, den Stacheldraht, doch ich sehe sie und werde nicht verrückt, beim Aufwachen bin ich noch ich, der alte Rosenthal, verurteilt zu geistiger Klarheit und der Bürde eines intakten Bewusstseins. Die Medikamente, die Behandlungen bewirken nichts, und ich kann nicht einmal den Weg des Gebetes versuchen. Beten Sie, Doktor? Ich bin dazu nicht fähig. Als Kind war ich es, damals bildete ich mir ein, täglich mit dem gesichtslosen Gott zu sprechen, den zu verehren man mich gelehrt hatte. Ein dunkler, ungreifbarer Gott und doch ganz nah, von dem man sich kein Bild machen durfte, und dieses Verbot, das wir alle im Blut haben, hatte eine solche Wirkung auf mein kindliches Gemüt, dass ich ihn mir nur als Stimme vorstellte. Ich glaube, genau das ist der Grund dafür, dass die Musik für mich immer eine solche Bedeutung gehabt hat, diese Überzeugung, dass Gott sich nicht den Augen zu erkennen geben kann, sondern nur dem Ohr, und dass die Welt der Töne viel enger mit der Wahrheit verwandt ist als die sichtbare. Abends, wenn meine Mutter sich ans Klavier setzte und ich ihr hingerissen im Halbdunkel des Salons zuhörte, war mir, als nähme ich hinter jedem Ton das leise Flüstern wahr, in dem der Herr sich Elias offenbarte; es war ein fast unhörbares Flüstern und doch lauter als der Wind, das Feuer und das Erdbeben, eine Stimme, die, so dachte ich, jeden zwingen würde, sich das Gesicht mit dem Mantel zu bedecken, wie der Prophet es getan hatte, bevor er seinem Ruf gehorchte.

Diese Stimme hörte für immer auf, zu mir zu sprechen, als sie mich dorthin brachten. Sie verstummte im Verlauf weniger Tage, übertönt vom metallischen Lärm der Lautsprecher und dem unablässigen Bellen der Hunde. Seit damals habe ich sie nie mehr wiedergefunden, ich habe sie nicht einmal suchen wollen, und wenn andere mir erzählen, sie würden sich in die Resignation, den Gehorsam, die einverständliche Unterwerfung unter eine höhere Macht flüchten, um Frieden zu finden, verstehe ich wirklich nicht, wovon sie sprechen. Auch ich könnte mich möglicherweise unterwerfen, häufig bin ich sogar versucht, es zu tun, aber nicht dieser abwesenden Gottheit, die meine Kameraden vergeblich in den Baracken von Auschwitz oder Treblinka anflehten, sondern einfach nur den Dingen, wie sie geschehen, ihrer notwendigen und sinnlosen Ordnung. Ich könnte mich bemühen, meine Seele flach auf den Lauf der Dinge zu drücken, so dass sie perfekt an ihm haftet. Wie ein Pflaster auf der Haut, verstehen Sie? Ohne den geringsten Zwischenraum zu lassen, in den noch ein Zweifel, eine Rebellion, eine Frage eindringen könnte. Ja, das wäre der Friede, der einzig denkbare, aber es wäre auch der Tod oder zumindest der Tod jenes Restes von Menschlichkeit, den ich mir in den Jahren der Gefangenschaft zu bewahren vermochte und der seit damals meine Rettung oder meine Qual gewesen ist, genau kann ich das nicht sagen, das, was mir erlaubt hat zu überleben und das Überleben in eine Schmach, in eine beständige brennende Scham verwandelt hat.

Doch vielleicht ist auch das eine Illusion oder eine leere Anmaßung. Vielleicht ist meine Menschlichkeit vollständig aufgezehrt worden, bis zum letzten Molekül, in dem Schmelztiegel jener grausamen Alchemie, genau wie der Gott Abrahams, Isaaks, der zwölf Stämme Israels, der sich damals, wie mir schien, Tag für Tag vor meinen Augen in der hohen Rauchsäule des Schornsteins auflöste. Alles: die Seite der Gerechtigkeit wie die Seite der Barmherzigkeit, das verborgene und nicht darstellbare Antlitz wie das leise vertraute Flüstern der Stimme, die ich früher mit solcher Promptheit gehört hatte, dass ich sie fast nicht von meinem Atem unterscheiden konnte.

Es gab einen Rabbiner unter uns im Lager, einen Rabbiner, den man gewaltsam seines Bartes beraubt und aller priesterlichen Würden entkleidet hatte und der nachts auf seiner Pritsche die Worte Hiobs murmelte. Nicht die der Kapitulation und der Versöhnung, sondern die anderen, härteren und verzweifelteren, mit denen der gequälte Mann seinen Schöpfer zu Gericht ruft: »*Siehe, ich schreie ›Gewalt!‹ und werde doch nicht gehört; ich rufe, aber kein Recht ist da. Er hat meinen Weg vermauert, dass ich nicht hinüberkann, und hat Finsternis auf meinen Steig gelegt …*« Ich wusste nicht, ob der Rabbiner diese Bibelverse im wachen Zustand oder im Schlaf wiederholte; jedenfalls schien er wirklich davon besessen zu sein, und häufig mussten wir ihn kräftig schütteln, um ihn zum Schweigen zu bringen. Dann drückte er sich an die Bretterwand, und nach einer Weile hörten wir ein langes leises Stöhnen aus seiner Ecke, das halb wie Weinen und halb wie der leiernde Ton eines Gebets klang.

Er hielt nur noch eine Woche stand; sei es aus Überzeugung, aus Mut oder einfach aus der Macht der Gewohnheit heraus – eines Tages legte er während der Arbeit den Spaten hin, um den Segen zu sprechen, und wurde auf der Stelle von einer Wache mit dem Gewehrkolben niedergeschlagen. Es war Sommer, die Wiesen ringsum waren grün. Wer weiß, vielleicht hatte sein Gott ihn erhört, indem er zuließ, dass sein Leben auf diese Weise, in einem einzigen Augenblick abgeschnitten wurde wie die Spitze einer Ähre, und hatte ihm ein Bett bereitet in jener Dunkelheit, in welche die Schreie der Folterknechte nicht dringen.

Darf ich mir erlauben zu fragen, wann dieses falsche Spiel ein Ende haben wird? Wann werden wir wieder eine Zeitung durchblättern oder eine Nachrichtensendung im Fernsehen anschauen können, ohne Opfer dieser abstoßenden Farce zu werden? Denn es handelt sich um eine Farce, ein abgekartetes Spiel, daran besteht kein Zweifel, und es wundert mich, dass Sie das bis jetzt nicht bemerkt haben; vorausgesetzt natürlich, Sie sind nicht Komplizen des sogenannten stummen Pianisten und haben das alles nicht inszeniert, um ein wenig Werbung für Ihre Klinik zu machen. Nun, gelungen ist es Ihnen ja, und seit ein paar Monaten muss das Geld reichlicher als sonst in Ihre Kassen fließen, da die Leichtgläubigkeit der Öffentlichkeit keine Grenzen kennt, vor allem wenn man darauf achtet, ihr ein entsprechend rührendes »menschliches Schicksal« zu präsentieren.

Aber vielleicht tue ich Ihnen ja unrecht. Vielleicht sind auch Sie, wie die Zeitungen und Fernsehsender, einfach nur Opfer dieses skrupellosen jungen Mannes, der den ganzen Schwindel allein ausgeheckt hat; sehr geschickt, wie ich zugeben muss, mit einer Kunst, die eines großen Schauspielers würdig ist, wenn auch da und dort ein bisschen übertrieben. Er hätte sich auf dem Foto beispielsweise diesen Ausdruck sparen können, der an ein gehetztes Tier erinnert und den er etwas gewaltsam einem alten Film mit Anthony Perkins entliehen zu haben scheint; doch die Masse liebt bekanntlich die Übertreibung und hält sich gewiss nicht mit Kleinigkeiten auf bei der Wahl ihrer Helden.

Kurz und gut, haben Sie es noch immer nicht kapiert? Wenn

Sie erlauben, werde ich Ihnen erklären, wie die Dinge sich verhalten. Stellen Sie sich einen jungen Pianisten vor, der gerade sein Diplom an irgendeinem Provinzkonservatorium gemacht hat, glänzend, vielleicht mit der Bestnote; ich selbst bin vor vielen Jahren ein solcher junger Pianist gewesen, deswegen fällt es mir leicht, mich in seine Lage zu versetzen. Jetzt, nachdem er seinen Triumph vor der Prüfungskommission ausgekostet hat (Komplimente, Schulterklopfen, Prophezeiungen einer strahlenden Zukunft), beginnt unser frisch Diplomierter logischerweise, sich umzusehen, und er entdeckt, dass er keineswegs der seltene Vogel ist, für den er sich gehalten hatte. Nein, die Welt ist voll von jungen Pianisten wie ihm, alle tüchtig, alle brillant, alle mit den besten Zeugnissen ausgestattet, und doch, stellen Sie sich vor, denken die Agenten und Konzertveranstalter gar nicht daran, vor seiner Tür Schlange zu stehen, so dass sich die armen Wunderkinder, wenn sie über die Runden kommen wollen, damit abfinden müssen, ruhmlose und schlecht bezahlte Arbeiten zu akzeptieren, trägen Knirpsen Unterricht zu geben, in Cafés oder in Pfarrsälen zu spielen, was nicht eben dazu beiträgt, dass ihnen der Hahnenkamm schwillt. Doch was sage ich, »akzeptieren«? Derartige Gelegenheiten sind sehr begehrt, und sogar in diesem Bereich muss man sich, wenn man zu etwas kommen will, einer nicht zu unterschätzenden Konkurrenz stellen.

Manche halten durch, andere nicht. Manche rackern sich jahrelang ab, in der Hoffnung, dass es ihnen früher oder später gelingt, ins Rampenlicht zu treten, und andere geben schließlich auf, ziehen sich auf einen sicheren Posten zurück und verzichten für immer auf jeden künstlerischen Ehrgeiz. Genau das hat beispielsweise der Unterzeichnete gemacht; nach einigem Zögern hat er die glänzende Karriere eines Bankkassierers eingeschlagen, die ihm immerhin gestattet hat, zu heiraten, ein Darlehen aufzunehmen, eine vernünftige Anzahl von Kindern in die Welt zu setzen und mit relativer Gelassenheit auf den Ruhestand zu warten. Was das Klavier be-

trifft, so kann ich immer noch abends oder sonntags darauf spielen und meine kleine Familie mit ein wenig guter Musik erfreuen.

Ich beklage mich nicht, warum sollte ich? Die Jugendträume sind eine Sache, das Leben eine andere, und früher oder später wird sich fast jeder dieses grundlegenden Unterschieds bewusst werden. Doch unser Pianist hatte, wie es scheint, andere Vorstellungen. Er gehörte nicht zu denen, die die Waffen strecken, um sich mit der grauen Existenz eines Angestellten abzufinden, und auch nicht zu denen, die geduldig und demütig dem langen unsicheren Weg folgen, der einen unbekannten Künstler zum Erfolg führen kann. Nein, er hatte andere Pläne; in seinen schlaflosen Nächten (ich sehe ihn geradezu vor mir!) zermarterte er sich das Gehirn, um eine Möglichkeit zu finden, sich mit einem aufsehenerregenden Coup, der ihn sofort auf die Bühne bringen würde, aus der anonymen Masse der Kollegen herauszuheben. Ohne Kapital, ohne Unterstützung, nur auf seine Schlauheit angewiesen … Kein einfaches Unterfangen, und doch gelang es ihm ausgezeichnet, dank der genialen Eingebung, die ihn dazu führte, die Person des stummen Pianisten zu erfinden. Denn er ist wirklich ein Genie, dieser Junge, vielleicht kein musikalisches, doch auf jeden Fall eines der Selbstvermarktung, und wir gewöhnlichen Sterblichen sind gezwungen, den Hut zu ziehen vor einer so umwerfenden Idee.

Unser Held kauft also einen gebrauchten Frack, aus dem er sorgfältig das Etikett der Schneiderei heraustrennt, um das Geheimnis noch zu verstärken, aber auch um keine Hinweise zu liefern, die erlauben könnten, ihn zu identifizieren. Natürlich macht er es mit den Schuhen ebenso, er wählt absichtlich die ausgelatschtesten. In dieser eindrucksvollen Aufmachung landet er an einem Strand, der, wie es der Zufall will, nicht weit von einer psychiatrischen Klinik liegt (ein Zusammentreffen, das allein schon weniger naive Gemüter hätte misstrauisch machen müssen), legt sich in den Sand und wartet, dass man ihn findet. Von diesem Augenblick an läuft alles wie vorgesehen. Er wird in die Klinik gebracht, wo er sein Repertoire aus Stummheit, Verwirrtheit und weit aufgerissenen Augen hervorholen kann bis zum coup de théâtre *des auf ein Blatt Papier gezeichneten Klaviers. Möglicherweise wusste er irgendwie bereits von der Existenz des alten Steinway, oder das Glück half etwas nach, indem es ihm genau das Instrument zur Verfügung stellte, das er für seinen Schwindel brauchte; wie auch immer, die Zutaten sind jetzt alle beieinander: Der Junge spricht nicht (oder tut so, als könne er nicht sprechen), dafür spielt er meisterhaft Klavier (zumindest kommt es wenig geübten Ohren so vor), und so ist es nur ein kleiner, verlockender Schritt, ihn den »stummen Pianisten« zu nennen und auf die Titelseiten zu bringen, ein Schritt, den die gesamte nationale Presse ohne das geringste Zögern vollzieht.*

Er braucht nicht einmal besonders gut zu spielen, möglicherweise ist sein Spiel tatsächlich brillant, ich beschränke mich darauf zu bemerken, dass niemand daran gedacht hat, seine so gerühmten Darbietungen dem Urteil eines Fachmanns zu unterbreiten; bislang spricht man nur aufgrund von Hörensagen davon und stützt sich auf die verständliche Begeisterung einiger Klinikärzte, die in ihrem Leben vielleicht noch nie in einem Konzert gewesen sind und denen es schon wie ein Wunder vorkommt, wenn sie korrekt gespielte Tonleitern hören. Doch was für eine Bedeutung hat das schon? Geschicklichkeit, echtes Talent sind etwas für die gewöhnlichen Sterblichen, gewiss nicht für ein lebendes Phänomen wie den stummen Pianisten, der jetzt einen unbestreitbaren Ruhm genießt und dem auch ohne entsprechende Bestätigung die ganze Welt nur zu gern glaubt. Hätte ich eine solche Idee gehabt, als es noch nicht zu spät war, ich würde jetzt in London, Mailand, Salzburg, vielleicht sogar in New York spielen und in den größten Sälen empfangen und umjubelt werden, anstatt mich den ganzen Tag am Schalter abzurackern, um die armseligen Kreditraten abbezahlen zu können.

Ja, dass die Dinge sich schließlich so entwickeln werden, ist nicht schwer vorauszusagen, wenn man nur ein bisschen clever ist. Ich wette jede Summe, soweit mein Gehalt es mir erlaubt, dass sich der Zustand des Pianisten schon bald deutlich bessern wird. Ich sage nicht, dass er wieder anfangen wird zu sprechen, das wäre geradezu kontraproduktiv und würde die Faszination der Person zerstören, die er mit so viel Gerissenheit über Monate hinweg mühsam aufgebaut hat. Er wird also stumm bleiben, wie vorgesehen, doch er wird schließlich in der Lage sein, die Klinik zu verlassen, um die Früchte seiner Popularität zu ernten, und es werden saftige Früchte sein, eine reiche Ernte, ein weltweiter Triumph, wie ihn kein Musiker der Vergangenheit je gekannt hat. Sämtliche Konzertsäle werden ihm ihre Pforten öffnen, er braucht nur zu wählen, vielleicht mit einem Auge auf den finanziellen Vorteil schielend, denn nach allem, was er durchgemacht hat (was eigentlich? Man weiß es nicht!), hat er durchaus das Recht, einen gewissen Wohlstand zu genießen. Und an dem Tag, an dem er seine Suite im Claridge's oder im Crillon oder im Waldorf Astoria verlässt, um sich auf den gesegneten Schemel zu setzen, wird es keinen Fernsehsender geben, der das Ereignis nicht zur Hauptsendezeit ausstrahlt, und die Zuschauer der Fernsehfilme und Quizshows werden die Sonaten von Beethoven, Liszt, Chopin oder womit auch immer er sie zu beglücken geruht, bis zur letzten Note über sich ergehen lassen, und sie werden es gern tun, mit Tränen in den Augen, glücklich, der Apotheose ihres Lieblings beizuwohnen.

So wird es kommen, ich wiederhole es, das ist der Lauf der Dinge und der Welt, und wer schlau genug ist, das zu begreifen, wird immer seinen Vorteil daraus ziehen, da wird auch keine Warnung etwas nützen: Warum sollten Sie auf mich hören, da es doch viel angenehmer und vorteilhafter ist, sich täuschen zu lassen? Ich sehe meinen Brief schon voller Empörung zerknüllt im Papierkorb landen, ohne dass er der Prüfung durch die Ermittlungsbehörden unterbreitet worden wäre, was im Übrigen logisch ist, da er keiner-

lei Beweis enthält. Doch an dem Tag, an dem er vor den Kameras der ganzen Welt auf seinem Schemel sitzen wird, täte der stumme Pianist gut daran, hinter sich zu blicken, denn hinter ihm werde ich sitzen, in einem Sessel in der ersten Reihe, der mich all meine Ersparnisse gekostet haben wird, und Augen und Ohren offen halten, bereit, ihn beim kleinsten falschen Schritt zu demaskieren.

Heute hatte Nadine nicht den Fuß in den Wintergarten gesetzt. Nachdem sie ihre Schicht beendet hatte, war sie auf ihr Zimmer gegangen, und als aus der Ferne die ersten Töne des Klaviers zu ihr gedrungen waren, hatte sie den Kopf im Kissen vergraben, um sie nicht zu hören. Sie hasste diese Musik, wie eine eifersüchtige Frau ihre Rivalin hasst.

Als es Zeit fürs Abendessen war, ging sie hinunter, dann kehrte sie nach oben zurück und blieb den ganzen Abend auf ihrem Bett liegen, blätterte nicht einmal die neuen verlockenden Zeitschriften durch, von deren Titelblättern berühmte Gesichter lächelten. Vergeblich ließ sie den Blick durchs Zimmer wandern auf der Suche nach irgendetwas, das sie trösten könnte; die grellen Poster, den Kalender mit den Ansichten des Lake District und das Foto, das sie zusammen mit ihren Mitschülerinnen am Tag der Diplomprüfung zeigte, hatte sie bereits in den Koffer gepackt und das Porträt des stummen Pianisten in der Nacht zuvor in einem Wutanfall von der Wand gerissen, so dass sie jetzt nur die triste Nacktheit der Wände betrachten konnte. Dieses Zimmer, in dem sie so viele Monate gelebt hatte, das sie nach und nach mit ihren bewährtesten Talismanen wohnlich gemacht und in einen annehmbaren Ersatz für ein Zuhause verwandelt hatte, war jetzt leer und fremd wie ein Wartesaal und schien es geradezu eilig zu haben, die letzten Spuren ihrer Gegenwart zu tilgen.

Das ist nicht gerecht, dachte sie, womit sie sowohl die

Entlassung als auch die Demütigung durch diesen Jungen meinte; sie war jetzt nicht mehr imstande, deutlich zwischen beidem zu unterscheiden, und schrieb sowohl das eine als auch das andere einer Art unheilvollem Einfluss nicht so sehr des Pianisten als vielmehr des Flügels zu, dieses schwarzen teuflischen Dings, das sie selbst unvorsichtigerweise exhumiert hatte, indem sie es vom Staub und von den Spinnweben befreit und die erblindeten Oberflächen mit ihren eigenen Händen auf Hochglanz poliert hatte. Jetzt, da das aus seiner Lethargie gerissene Monster ganz und gar seine unheilvolle Natur enthüllt hatte, bereute Nadine bitter, dass sie diese Initiative ergriffen hatte, und brütete Rachepläne aus, die zunächst noch verworren waren, dann aber, je weiter die Nacht voranschritt und die Klinik in Stillstand und Stille hüllte, immer klarer Gestalt annahmen.

Als sie die große Pendeluhr in der Eingangshalle Mitternacht schlagen hörte, überfiel sie die Erinnerung an das, was vor vierundzwanzig Stunden geschehen war, wie ein stechender Schmerz, der sie zwang, sich zu krümmen. Dabei war heute nicht Silvester, sondern eine ganz normale Nacht, in der alle, Personal und Patienten, früh ins Bett gegangen waren, vielleicht sogar noch früher als sonst, um sich von den gestrigen Strapazen zu erholen. In Kürze hätten auch die unermüdlichsten Leser das Licht gelöscht, die Nachtschwestern würden allmählich auf ihren Stühlen einnicken, und sie könnte das Zimmer verlassen, um ungestört ihren Plan in die Tat umzusetzen.

Sie wartete bis eins, wobei sie ständig auf die Uhr blickte; dann zog sie ein Paar Turnschuhe an, die einzigen Schuhe ohne Absatz, die sie besaß, und nachdem sie sich vergewissert hatte, dass alles ruhig war, ging sie auf den Flur hinaus und schloss die Tür hinter sich. Genauso hatte sie es an dem verhängnisvollen Abend gemacht, an dem sie den Jungen geholt hatte, um ihn ins Red Lion mitzunehmen, doch damals war ihr Herz vor Erwartung übergeflossen, während sie jetzt keinerlei Hoffnung hatte, abgesehen von der, dem ohnmächtigen Groll, der sie verzehrte, ein Ventil zu verschaffen.

Auch die Richtung, in die sie ging, war eine andere. Anstatt den Flur zu nehmen, der zur Männerabteilung führte, ging sie die Eichentreppe hinunter, darauf bedacht, dass die Stufen nicht knarrten, und als sie im Erdgeschoss war, machte sie sich auf den Weg zum Holzschuppen. Sie hatte den entschlossenen Schritt und die Gelassenheit dessen, der nichts mehr zu verlieren hat. Ja, sie wünschte sich sogar, überrascht zu werden, vielleicht sogar vom Direktor persönlich, doch erst hinterher, wenn alles erledigt wäre; dann könnte sie ihm wie die Heldin eines Fernsehfilms im Augenblick ihres Triumphs ins Gesicht lachen und ihm sagen, er könne sie ruhig hinauswerfen, wenn er wolle. Sie habe die Koffer bereits gepackt und könne es gar nicht abwarten, die Klinik mitsamt ihren Bewohnern endlich für immer hinter sich zu lassen.

Und während sie leise diese herausfordernden Worte wiederholte und an ihnen feilte wie ein Schauspieler, der seinen Text vor der Aufführung probt, erreichte sie den Holzschuppen. Sie fand sofort, was sie suchte: ein scharfes, nicht zu schweres Beil, das sogar ihre dünnen Arme ohne Mühe hochzuheben vermochten. Das Beil in der rechten Hand, verließ sie den Schuppen und machte sich auf den Weg zum Wintergarten, aufgeregter jetzt, weniger selbstsicher, aber immer noch gewappnet mit ihrer Verzweiflung, diesem unzerstörbaren Harnisch, den ihr niemand würde herunterreißen können.

Jetzt bin ich schon wieder hier, dachte sie, als sie die Tür öffnete. Auch diesmal verzichtete sie aus Vorsicht darauf, die Lampen anzumachen, und auch diesmal erlaubte ihr das hereinfallende Laternenlicht, sofort die große düstere Gestalt des Flügels zu erkennen. Sie ging in seine Richtung. Trotz der Turnschuhe war ihr, als hallten ihre Schritte in der Stille mit ungewöhnlicher Deutlichkeit wider und hämmerten fast im Marschrhythmus auf den Boden. Doch während sie sich dem Podium näherte, hatte sie das Gefühl, dass sich in diesen Klang noch ein anderer mischte, zarter und leiser und doch deutlich zu vernehmen. Sie blieb stehen und spitzte die Ohren, um herauszufinden, was das sein könnte, doch sie hörte nichts als den eigenen Atem, der durch die Aufregung oder durch die Anstrengung, das Beil zu tragen, keuchender und geräuschvoller als sonst geworden war. Ja, dachte sie, das ist es, und setzte erleichtert ihren Weg fort. Doch als sie weiterging, setzte auch dieses Geräusch wieder ein; es war kein Atemgeräusch, es ähnelte eher einem leisen Flüstern, und es kam nicht aus ihrer Brust, wie sie geglaubt hatte, sondern hinten aus dem Raum, wo sich der Flügel schwarz und glänzend von den Glasscheiben abhob.

Bestürzt umklammerte Nadine den Griff des Beils und ging mit zögernden Schritten weiter in Richtung Podium. Schließlich hatte sie es nicht bis hierher geschafft, um jetzt aufzugeben; auf gar keinen Fall würde sie kehrtmachen, bevor sie ihrem Feind das Fell gegerbt hatte. Sie versuchte sich Mut zu machen, indem sie den imaginären Dialog mit dem Direktor wiederaufnahm, laut allerdings, denn sie wollte dieses Geräusch überdecken. Als kleines Mädchen hatte sie immer gesungen, um die Angst zu besiegen, und machten die Soldaten es nicht ebenso, wenn sie zum Schlachtfeld marschierten? »Das ist ein Steinway *gewesen*, Herr Direktor, jetzt ist es keiner mehr. Nur noch ein Haufen Schrott, reif für den Schrottplatz, und ein paar schöne Holzstücke für den Kamin.« Doch immer, wenn sie sich unterbrach, um Atem zu schöpfen oder die richtigen Worte zu suchen, hörte sie erneut dieses leise Flüstern, das sie jedes Mal zwang, stehen zu bleiben, und ihr das Herz bis zum Hals schlagen ließ.

Je näher sie kam, desto mehr hatte sie das Gefühl, dass es geradewegs vom Flügel kam; ein absurdes Gefühl, entschied Nadine, denn ein Klavier hat keine Stimme, wenn keiner darauf spielt; es wartet still und brav darauf, gespielt zu werden. Oder zerstört zu werden, fügte sie innerlich hinzu, der Vollständigkeit halber, doch dieses Wort »zerstört« kam ihr mit einem Mal seltsam schrecklich vor, als beziehe es sich nicht nur auf einen Haufen Schrott und ein paar Stücke Holz.

Sie blickte zur Kuppel hinauf, welche ihr so oft das Echo der Akkorde zurückgeworfen hatte, die der Pianist während seiner Konzerte gespielt hatte; dann blickte sie wieder zum Flügel. Sie spürte eine große Hitze, obwohl es eine sehr frostige Nacht war und die Heizstrahler nicht eingeschaltet waren. Sie würde jetzt den Mut finden müssen, auf das Podium zu steigen, doch als sie es versuchte, stellte sie fest, dass ihr die Beine nicht gehorchten; sie waren schwach, als hätte diese plötzliche Hitze sie ermattet. Schwankend legte Nadine das Beil auf den Boden und ließ sich auf einen Armsessel fallen. Ich muss Fieber haben, dachte sie, sehr hohes Fieber. Deswegen ist mir so heiß, und deswegen bin ich so schwach und höre immer noch ein Flüstern, das es gar nicht gibt. Doch ihre Stirn war kalt, wie sie feststellte, als sie sie mit der Hand berührte; trotzdem wollte sie an dieser Diagnose festhalten, der einzigen, die alles erklärte. Und wer Fieber hat, ist, das versteht sich von selbst, keineswegs verpflichtet, eine Axt zu schwingen, Klaviere zu zerstören und Rache zu üben; wer Fieber hat, dem bleibt nichts anderes übrig, als so schnell wie möglich in sein Bett zurückzukehren und sich um nichts anderes als seine Genesung zu kümmern.

Mühevoll erhob sich Nadine aus dem Sessel. Sie versuchte das Beil aufzuheben, doch sie hatte das Gefühl, dass es in der Zwischenzeit noch schwerer geworden war, daher ließ sie es, wo es war. Erst jetzt, als sie ging, bemerkte sie, dass das Flüstern aufgehört hatte. »Da bist du ja gerade noch mal davongekommen«, sagte sie und warf einen letzten Blick auf den Flügel; dann ging sie zum Flur, während ihren Lippen, fast gegen ihren Willen, ein langer Seufzer der Erleichterung entfuhr.

ICH BIN IN der Baracke, aber allein; um mich herum keine Spur von meinen Kameraden, und von draußen dringt kein Geräusch herein, kein Schrei, kein Kommando, nicht einmal das Bellen der Hunde, als hätte die Welt aufgehört zu existieren. Vielleicht hat gerade diese Stille mich geweckt. Ich setze mich auf meiner Pritsche auf, um besser sehen zu können, was mich umgibt, und entdecke, dass sich im Innern der Baracke ein im Halbdunkel liegender Salon befindet, der mit einer etwas überladenen Eleganz eingerichtet ist. Ich sehe die geschwungenen Beine der Konsole, die Vitrinen voller Nippsachen aus Silber und Porzellan, die Vorhänge mit den zarten Stickereien, die die Fenster abschirmen, und ich wundere mich nicht im Mindesten, dass ich all dies sehe, im Gegenteil, ich weiß, dass es nicht anders sein kann. Vor mir steht an der Wand der alte Bechstein, ein brennender Wandleuchter wirft sein Licht auf die Tastatur und die geöffnete Partitur auf dem Notenständer. Ich stehe auf und gehe zum Flügel. Ich versuche, eine Taste zu berühren, dann eine andere und dann noch eine, doch die Tasten senken sich, ohne einen Ton von sich zu geben, auch als ich den Druck der Finger verstärke, bleibt der Flügel stumm, als seien die Saiten herausgerissen.

Als ich jetzt erneut das Zimmer betrachte, bemerke ich einen Spalt zwischen den Vorhängen an einem Fenster und denke, dass Lidias Hand sie zur Seite geschoben hat, damit sie hinausblicken kann; doch diesmal muss sie auch das Fenster geöffnet haben, der Musselin der Vorhänge flattert leicht, gebauscht vom Luftzug. Ich gehe zum Fenster, zunächst in der Absicht, es zu schließen, doch dann bleibe ich stehen, um durch den Spalt zu blicken. Der Schnee hat über Nacht noch zugenommen und den Schornstein und die Dächer der Baracken weiß gefärbt, und dort hinten, an den Rändern des Lagers, hat er eine neue Barriere jenseits des Stacheldrahtzauns gebildet. In diesem Weiß ist etwas, das mich anzieht, das mich zwingt hinauszugehen, was ganz einfach ist, denn das Fenster ist, jetzt sehe ich es, in Wirklichkeit die dreckige Holztür unserer Baracke, und ich brauche bloß hindurchzugehen, um draußen zu sein.

Im Freien ist mir, als hörte ich aus der Baracke ein paar Klaviertöne. Ich denke, da spielt die Mama (wer sollte es sonst sein?), und möchte wieder hineingehen, aber das ist unmöglich; ich merke, dass ich mich verlaufen habe, obwohl sich die Baracke direkt hinter mir befindet und es nichts gibt, was mir den Zugang versperrt. Mir bleibt daher nichts anderes übrig, als mich zu entfernen und mühsam durch den frischen Schnee zu gehen.

Im ganzen Lager ist keine Menschenseele zu sehen, nicht einmal auf den Wachtürmen sind die aufmerksamen Profile der Posten zu erkennen; dennoch weiß ich, dass ich in der Schusslinie bin. Ich bemühe mich daher, gebückt zu gehen, um nicht aufzufallen; zum Glück ist meine Gefangenenkleidung so entfärbt und verblichen, dass sie sich nicht allzu sehr vom Schnee abheben dürfte. Und so gelingt es mir, fast kriechend bis zum Stacheldraht vorzudringen, und nachdem ich eine Weile daran entlanggegangen bin, finde ich schließlich eine große Lücke, durch die ich schlüpfen kann.

Auf der anderen Seite des Zauns, muss ich einen Augenblick stehen bleiben, so sehr bestürzt mich das plötzliche Bewusstsein, in Freiheit zu sein. Als ich mich umdrehe, sehe ich die flinken dunklen Gestalten der Hunde, die im Schnee laufen, still jedoch, ohne zu bellen. Dennoch weiß ich, dass ich in Sicherheit bin, weil die Hunde mich außerhalb des Lagers nicht verfolgen können. Um nach Hause zurückzukehren, muss ich jetzt nur im Schnee weitergehen, und ich gehe im Schnee, ohne mich zu bücken, ja sogar mit einer gewissen Fröhlichkeit; ich spüre nicht einmal die Kälte, obwohl meine Füße nackt sind und der Wind wütend an meiner Gefangenenkleidung zerrt. Doch nach ein paar Hundert Metern sehe ich, dass sich vor mir ein weiterer Stacheldrahtzaun erhebt, und ich begreife, dass ich, anders, als ich geglaubt habe, das Lager in Wirklichkeit gar nicht verlassen habe, noch nicht. Erneut gehe ich am Zaun entlang, erneut finde ich eine Lücke und schlüpfe hindurch, doch nach ein paar Minuten wiederholt sich das Spiel: Ein Stacheldrahtzaun, identisch mit den vorhergehenden, taucht vor mir auf und versperrt mir den Weg.

Das geschieht einmal, zweimal, dreimal. Verzweifelt frage ich mich, ob mich meine Schritte hartnäckig immer wieder zurückführen oder ob sich hinter dem Lager wirklich ein weiteres Lager erstreckt und hinter diesem wieder ein anderes, endlos, über die ganze Oberfläche der Welt. Auch hier, so fern von meinem Ausgangspunkt, kann ich, als ich den Blick in die vom Schneeregen getrübte Luft richte, die langen Reihen der Baracken, den Schornstein, der in den fahlen Himmel ragt, und die flinken dunklen Gestalten der Hunde erkennen, die stumm herumlaufen.

Warum also, denke ich, soll ich weitergehen? Und als ich den Zaun erreicht habe, einen der zahllosen Zäune, lasse ich mich zu Boden gleiten, in den weichen Schnee, entschlossen, dort zu bleiben, bis jemand kommt und mich holt.

Und es kommt tatsächlich jemand, doch nicht aus der

Richtung, aus der ich ihn erwarte. Während ich, wenn ich hinter mich blicke, nach wie vor keine Menschenseele sehe, nur ein paar Hunde, die mich nicht beachten, bemerke ich vor mir, wo das leuchtende Weiß des Schnees und das leicht violette des Himmels ineinander übergehen und einen ungewissen Horizont bilden, nach einer Weile eine Gestalt. Sie kommt nicht auf mich zu, und doch kommt sie immer näher. Es ist die Gestalt eines Mannes, vielleicht eines alten Mannes, der mir irgendwie bekannt vorkommt. Bekleidet mit einem verblichenen Pyjama, an dem der Wind zerrt, taumelt er barfuß über den Schnee und bewegt den rechten Arm in einer seltsamen kreisförmigen Bewegung, als würde er etwas drehen und immer weiter drehen, während die Hunde, die von allen Seiten herbeilaufen, sich in einem stummen Geleitzug um ihn sammeln. Und als der alte Mann näher kommt, sehe ich, dass er Gefangenenkleidung trägt; und als er noch näher kommt, erkenne ich wie in einem Spiegel die Züge meines Gesichts.

SOBALD DIE NACHTSCHWESTER ihn hörte, sprang sie aus dem Sessel auf, in dem sie vor sich hin gedöst hatte, und lief zu dem Zimmer, während die Türen der Nachbarzimmer sich eine nach der anderen öffneten und aufgeschreckte Patienten im Pyjama auf der Schwelle erschienen, um zu sehen, was da los war. So laut, so hartnäckig war dieser Schrei, dass er innerhalb kurzer Zeit die ganze Klinik aufweckte; wie der vibrierende Klang eines Gongs zerriss er die nächtliche Stille und erreichte sogar diejenigen, die in den weiter entfernt liegenden Teilen des Gebäudes untergebracht waren. Der Direktor, der mit einem Ruck in die Höhe gefahren war, suchte auf dem Bettrand sitzend mit den Zehenspitzen seine Pantoffeln, zog sich hastig den Morgenrock über und verließ seine Wohnung. Der Schrei, der unablässig durch das Gebäude hallte, führte ihn über die Treppen und durch die Flure zur Männerabteilung, während andere Ärzte und Krankenpfleger wie Ratten, angelockt vom gebieterischen Ruf des Rattenfängers, nach und nach eine lange entgeisterte Prozession hinter ihm bildeten.

Als sie in den Flur der Abteilung kamen, fanden sie bereits eine kleine Ansammlung von Patienten vor, die sich verstört vor dem Zimmer von Rosenthal drängten, ohne sich zu trauen hineinzugehen, da der entsetzliche Schrei, der aus ihm drang, auch den unerschrockensten und sensationslüsternsten Zuschauer auf Distanz gehalten hätte. Doch der Direktor, der sich mit nüchterner Professionalität einen Weg bahnte, gelangte innerhalb weniger Augenblicke zur Tür und trat ein, gefolgt von seinen Kollegen.

Der Alte lag auf dem Bett, die Augen weit aufgerissen, die Nachtschwester hatte sich über ihn gebeugt und versuchte vergeblich, ihn wieder zu sich zu bringen. Als sie den Direktor sah, trat sie mit einer resignierten Handbewegung zur Seite, als wollte sie sagen: »Versuchen Sie jetzt Ihr Glück«, doch in Wirklichkeit sagte sie nichts, denn das Sprechen war unmöglich in diesem Zimmer, in dem der Schrei, der zwischen Rosenthals zusammengepressten Lippen hervorbrach, unermüdlich an den Wänden widerhallte und jede andere Stimme übertönte. Sogar der Direktor näherte sich stumm und zögerlich dem schweißgebadeten zitternden Körper und dem vor Entsetzen verzerrten Gesicht. Dann versuchte er seinen Patienten an den Schultern zu packen und die Krämpfe, die ihn schüttelten, zu bändigen, doch der alte, magere Rosenthal war in dieser Nacht ungewöhnlich stark, so stark, dass die kräftigen Arme zweier Krankenpfleger erforderlich waren, um ihn in Schach zu halten. Gefangen in einer scheinbar grundlosen Angst, welche die Schläge seines Herzens beschleunigte und sein Wesen auf die nackte, obsessive Einfachheit dieses Schreis reduzierte, erkannte er niemanden und nahm seine Umgebung nicht wahr.

Mit Mühe setzte der Doktor ihm das Stethoskop auf die Brust und zählte die verrücktspielenden Herzschläge, während die anderen assistierten, allerdings aus einer Distanz von ein paar Schritten; dann schickte er die Kollegen, deren Anwesenheit ihm überflüssig, ja beinahe störend vorkam, hinaus, wobei er sich teils mit Gesten, teils mit kurzen, im ohrenbetäubenden Lärm des Zimmers gebrüllten Sätzen verständlich machte, und befahl der Krankenschwester, in aller Eile eine Beruhigungsspritze für Rosenthal vorzubereiten.

Andere, menschlichere Formen des Trostes, etwa mit ihm zu sprechen, ihn zu beruhigen, ihm zu erklären, wo er war, wären in seinem Zustand sinnlos gewesen; sinnlos war es auch, seine Hände zu halten, und doch tat der Direktor genau das, als die anderen hinausgegangen waren, wenngleich er sich ein wenig dieser so unprofessionellen Geste schämte und sich (in noch unprofessionellerer Weise) von der unbehandelbaren Bestürzung anstecken ließ, die diese verkrampften Finger auf ihn übertrugen.

Als sich die Tür öffnete und die Krankenschwester mit der fertigen Spritze erschien, zog er die Hände zurück. Hinter ihr drängten sich noch immer die Patienten der Abteilung im Flur, die darauf warteten, ihren unterbrochenen Schlaf fortsetzen zu können. Rosenthals Popularität schien bei seinen Mitbewohnern auf ein Minimum reduziert zu sein; einige von ihnen pressten sich die Hände auf die Ohren und warfen tadelnde Blicke ins Zimmer, andere machten ihrem Ärger in einem hysterischen Weinen Luft, in der Hoffnung, ein wenig Aufmerksamkeit auf sich zu lenken; die meisten zeigten jedoch einfach nur die verstörte Ohnmacht derer, die sich mit einer Naturerscheinung, einem Tornado, einem Erdbeben, einem Vulkanausbruch, einer dieser unvorhersehbaren Katastrophen konfrontiert sehen, die sich jeder menschlichen Logik entziehen. Der Direktor vertraute den Kranken der Pflege der Krankenschwester an, da er es für angebracht hielt, einen Augenblick auf den Flur hinauszugehen und diesen Seelen in Not ein paar beruhigende Worte zu spenden, doch er sagte nicht: »Alles wird gut«, wie es die Krankenschwester Nadine in einer solchen Situation getan hätte, sondern erklärte, dass die Situation unter Kontrolle sei, dass der Schrei bald aufhören werde und dass es das Beste sei, wenn sie in ihre Zimmer zurückkehrten, um nicht noch mehr Verwirrung zu stiften.

Auf diese Worte hin zerstreute sich die kleine Menschenansammlung rasch, wie ein Vogelschwarm, den jemand mit einer Handbewegung aufgescheucht hat. Während er ihnen mit den Augen folgte und versuchte, unter den Gestalten im Pyjama die des stummen Pianisten zu erkennen, bemerkte der Direktor, dass sich eine plötzliche Stille über die Abteilung gesenkt hatte, und unterbrach seine Suche, um in Rosenthals Zimmer zurückzugehen.

Aus seinem Bett richtete Rosenthal einen angstvollen, aber bewussten Blick auf ihn, den Blick desjenigen, der wieder bei klarem Verstand ist und erneut die Bürde eines intakten Bewusstseins trägt. »Sie werden gleich einschlafen«, sagte der Direktor zu ihm, während er sich dem Bett näherte, »und zwar ohne zu träumen.« Der Alte schien diese Worte mit einer Mischung aus Dankbarkeit und Skepsis aufzunehmen, als zweifle er nicht an ihrer Aufrichtigkeit und der guten Absicht, mit der sie ausgesprochen worden waren; dennoch hatte er Mühe zu glauben, dass sie der Wahrheit entsprachen. »Ohne zu träumen«, wiederholte der Direktor und blickte ihm in die Augen, »das kann ich Ihnen garantieren.« Er beugte sich über ihn, stützte ihn und setzte dann erneut das Stethoskop auf Rosenthals Brust, die sich jetzt ruhiger in langsamen Atemzügen hob und senkte. Er spürte, wie die Gliedmaßen des alten Mannes erschöpft von der langen Anspannung herabsanken. Noch während er den Patienten abhörte, schlief dieser in seinen Armen ein. Der Direktor legte ihn vorsichtig aufs Bett zurück, und nachdem er die Laken umgeschlagen hatte, forderte er die Krankenschwester mit einem Zeichen auf, ihm nach draußen zu folgen.

JA, MEIN LIEBER, das kam wirklich vollkommen unerwartet. Der *pavor nocturnus*, diese grauenhafte Art des Erwachens, ist, wie Du weißt, ziemlich selten bei Erwachsenen, und gerade Rosenthal hatte nie darunter gelitten, obwohl die Nacht für ihn immer der kritischste Moment und voller Gefahren gewesen ist. Nach der Spritze versank er barmherzigerweise in einen Zustand vollkommener Bewusstlosigkeit, aus dem er erst gegen Mittag wieder erwachte, während ich an seinem Bett saß und der langsamen Regelmäßigkeit seines Atems lauschte. Und da blickte er mich aus seinen müden tief liegenden Augen an, in denen immer noch ein tiefes Blau leuchtete, das die Jahre und das Leid nicht zu trüben vermocht hatten, und bemühte sich, mir zuzulächeln, als müsse er mich beruhigen. Mit schwacher Stimme (nach dem Schrei war es ein Wunder, dass er überhaupt noch Kraft dazu hatte) entschuldigte er sich, uns solche Umstände gemacht zu haben, und beteuerte, dass er sich gut fühle; mehr wollte er jedoch nicht sagen, als ich versuchte, ihn zu dem, was geschehen war, zu befragen. Zwar gab er zu, dass ein Traum diese furchtbare Angst in ihm wachgerufen habe, den Traum selbst wollte er aber um keinen Preis erzählen, weder in dem Augenblick noch später.

Ganz allgemein scheint er niemandem mehr etwas anvertrauen zu wollen, oder wenigstens mir nicht. Während der gestrigen Sitzung (stell Dir das mal vor, nach dem, was geschehen war!) sprach er fast ausschließlich über die *Winter-*

reise und insbesondere über das letzte Lied, das ihn nicht loslässt, und noch dazu sprach er auf sonderbare Weise darüber, ganz anders, als er sonst über Musik spricht. Im Grunde sprach er auch gar nicht über Musik, sondern über etwas anderes. Ich bin nicht sicher, ob ich mich verständlich machen kann, doch es war, als sei der alte Leiermann plötzlich ein Verwandter Hiobs, des Propheten Elias und der großen biblischen Gestalten geworden, die seine Kindheitsphantasien bevölkert hatten; er besaß die gleiche Bedeutungsintensität, den gleichen außergewöhnlichen Realitätsgrad.

Was sozusagen die leibhaftige Musik betrifft, diejenige, die unser Pianist jeden Abend im Wintergarten spielt, so habe ich ihm angesichts der Situation das Zuhören verboten. Ich glaube, er würde sie nicht viel besser als das ertragen, was er die »Flutwelle der Träume« nennt, doch während ich gegen die Träume keine Waffen mehr habe (alt, wie er ist, hat ihn die Beruhigungsspritze so außer Gefecht gesetzt, dass ich nicht den Mut habe, sie allzu bald zu wiederholen), kann ich ihm wenigstens verwehren, sein Zimmer zu verlassen, bis er sich wieder vollständig erholt hat, und ihn vor dem verwirrenden Einfluss des Klaviers schützen.

Der Junge hat es natürlich, wie ich erwartet hatte, sofort bemerkt; heute ist eine halbe Stunde vergangen, bevor er sich entschloss, in Abwesenheit von Rosenthal zu spielen, und dabei fiel seine Wahl auf eine Reihe von leisen elegischen Stücken (Debussy, vermute ich mal kühn), die eine seltsame Ergriffenheit in mir ausgelöst haben.

Am ergriffensten war jedoch die Krankenschwester Nadine; ausgerechnet sie, die der Musik gegenüber gewöhnlich so harthörig ist, hatte nach ein paar Minuten dicke Tränen in den Augen, und das nicht nur, weil sie morgen die Klinik verlassen muss, obwohl die Traurigkeit vielleicht dazu beitrug, ihren Widerstand zu schwächen und sie empfänglicher zu machen. Es kam mir so vor, als würden diese fließenden, fast körperlosen Töne ihr eine besondere Botschaft ins Ohr flüstern, die nur für sie bestimmt war und die ich nur annäherungsweise erahnen konnte. Liebes Mädchen, sagten sie in etwa, die Welt ist so beschaffen: Es gibt keine Felsen, an die man sich klammern kann, sondern nur sich verflüchtigenden Schein, wie die Flügel der Schmetterlinge oder die Lichtreflexe auf dem Wasser oder die Seifenblasen, die zerplatzen, nachdem sie ein paar Augenblicke in der Luft geschwebt sind. Und daher kann man nichts daran ändern. Doch das musst du nicht tragisch nehmen, denn dazu gibt es keinen Grund; nicht einmal dein Schmerz kann Dauer beanspruchen, er wird rasch vergehen, das ist immer nur eine Frage von Augenblicken. Wenn du also Abschied nehmen musst, dann tu auch du es auf Zehenspitzen wie diese Musik und gestatte dir nur einen leisen Seufzer als letzten Gruß.

Du wirst es nicht glauben, doch Nadine schien ihnen wirklich Gehör zu schenken; nach und nach ließ sie sich von der resignierten Schönheit dieser Töne umgarnen, und es ging sichtlich eine Verwandlung mit ihr vor. Die zunächst zusammengepressten Lippen öffneten sich allmählich in einem Ausdruck anmutiger Sanftheit, die Lider schlossen sich über den funkelnden Augen, und die Finger, welche die Lehnen umklammerten, lockerten ihren Griff. Es war, als sei es ihrem Patienten von dem unerreichbaren Podium aus gelungen, ihr einen schwierigen Segen zu erteilen, ein geheimes und melancholisches Pfand, das sie in ihr künftiges Leben mitnehmen könnte.

Vom Meer wehte ein kräftiger, eisiger Wind, der die Scheiben in den Fensterrahmen erzittern ließ, im Park hohe Wolken aus Gartenerde aufwirbelte und das unruhige Kreischen der Möwen in Wellen herantrug. In eine bunte Daunenjacke gehüllt, die Beine zitternd in den glänzenden Mikrofaserstrümpfen, lud Nadine die Koffer in den Kofferraum; dann betrachtete sie, bevor sie in den Wagen stieg, noch einmal das braune Gebäude der Klinik, als wollte sie sich alle Einzelheiten, vom Portikus bis hin zu den vorspringenden Erkern, von der Wetterfahne, die sich wild drehte in einem Wald von Schornsteinen, bis hin zu den schlanken, grazilen Arkaden des Wintergartens, ins Gedächtnis einbrennen. Wären da nicht die Gitter an den Fenstern gewesen, hätte sie sich der Illusion hingeben können, dass sie die Feiertage als Gast von Lord und Lady verbracht habe und sich anschicke, nach einem herzlichen Austauch von Küssen und Umarmungen in die Stadt zurückzufahren; allerdings wäre sie, wie sie in einem Anfall beschämten Realitätssinns zugeben musste, zur Zeit von Lord und Lady niemals Gast gewesen, sondern allenfalls ein Dienstmädchen, eine kleine farbige Hausangestellte, die fristlos entlassen worden wäre, weil sie das Silber schlecht geputzt oder beim Abstauben eine kostbare chinesische Vase zerbrochen hatte; und was die Küsse und Umarmungen betraf, so legte Nadine keinen allzu großen Wert darauf; allerdings hätte sie sich gefreut, wenn ihre Kolleginnen sie etwas herzlicher verabschiedet hätten und wenn jemand, und sei es nur ein einfacher Klinikangestellter, an der Tür erschienen wäre, um ihr zum Abschied zuzuwinken.

Nichts. Nicht eine Menschenseele. Sie wartete noch ein paar Augenblicke, bevor sie sich damit abfand, das traurige Ritual des Abschieds allein zu vollziehen, und betrachtete prüfend die Reihen der Fenster. Eines vor allem, im zweiten Stock, zog ihre Aufmerksamkeit auf sich, denn ihr war, als sähe sie eine Gestalt dahinter stehen. Das Herz schlug ihr bis zum Hals, als sie bemerkte, dass es das Fenster ihres Patienten war; nach allem, was zwischen ihnen vorgefallen war, hätte sie niemals ein solches Zeichen des Interesses von Seiten dieses so kalten und fernen Geschöpfs erwartet; und doch stand er da und wartete darauf, sie abfahren zu sehen, der einzige Bewohner der Klinik, der ihr einen solchen Respekt zollte, und auch wenn er ihr gewiss nicht zuwinken würde (das war nicht seine Art, Nadine machte sich da keine Illusionen), würde er ihrem Wagen zumindest mit den Augen bis ans Ende des Zufahrtsweges folgen. Aus Sympathie, aus Mitgefühl, vielleicht ein klein wenig aus Reue. Es sei denn, dachte sie plötzlich, die Ungeduld hielt ihn am Fenster fest, die Ungeduld, sie endlich loszuwerden und ihre unangebrachten Aufmerksamkeiten nicht mehr ertragen zu müssen; ein so grausamer Verdacht, dass Nadine sich beeilte, ihn mit einem energischen Kopfschütteln zu vertreiben.

Sie lächelte ihm zu, darauf vertrauend, dass er es bemerken würde. Einen Augenblick überlegte sie, ihm auch ein Zeichen zu machen, doch das wäre unpassend gewesen; sie spürte, dass sie sich seiner ruhigen, feierlichen Reglosigkeit würdig erweisen musste. Nachdem sie noch eine Weile zu dem Fenster hinaufgeblickt hatte, wandte sie schweren Herzens den Blick ab und stieg in den Wagen, wobei sie die Tür mit der unentschlossenen Bewegung desjenigen schloss, der noch nicht ganz die Hoffnung verloren hat, zurückgerufen zu werden. Doch das Wunder geschah nicht; resigniert startete Nadine den Motor und bog nach kurzem Rangieren auf den Zufahrtsweg.

Aus dem Augenwinkel verfolgte sie im Rückspiegel, wie die Klinik immer kleiner wurde, bis sie sie schließlich hinter Hecken verschwinden sah. Erst jetzt beschloss sie, schneller zu fahren, und legte innerhalb weniger Minuten die kurze Strecke zurück, die sie vom Dorf trennte. Das Meer zu ihrer Linken war eine dunkle schieferfarbene Platte, opak wie das Nichts und stellenweise von milchigen Schaumkronen gezeichnet. Auch hier keine Küsse und Umarmungen, nicht die kleinste Spur jenes freundlichen Glitzerns, das sie so oft an den Sommertagen aus der Ferne gegrüßt hatte. Auch das Dorf kam ihr ungewöhnlich finster und abweisend vor mit seinen geschlossenen, von Eisenzäunen geschützten Häuserreihen und mit seinen Straßen, die sogar das Sonnenlicht nur widerstrebend empfingen. Ganz zu schweigen vom Red Lion, an dessen Tischchen die Gäste kaum den Kopf hoben, als sie vorbeifuhr.

In dem Versuch, sich zu trösten, schaltete Nadine das Radio ein, in dem bereits einer ihrer Lieblingssender eingestellt war, und fuhr die lange Straße entlang, die zur Autobahn führte, wobei sie sich leicht im Rhythmus eines beliebten Songs wiegte. Sie kannte den Text und sang ihn mit, während sie auf die Hupe drückte, um ein Grüppchen erstarrter Schafe von der Fahrbahn zu vertreiben, oder sich bemühte, ein Schild zu entziffern, das unter dem üppigen Blattwerk einer Eibe halb verborgen war. Dieser Song hatte ihr immer gefallen, doch heute fand sie ihn einfach nur langweilig. Das ist meine Schuld, dachte sie, ich bin zu deprimiert, um die Musik genießen zu können, doch für alle Fälle drehte sie den Knopf, um einen besseren Sender zu finden. Sie hörte nicht auf, zu suchen, zuzuhören, sich im Takt zu wiegen, um dann wenig überzeugt den Sender zu wechseln, bis sie auf etwas stieß, das ganz anders war als alles, was sie vorher gehört hatte, und das ihr trotzdem sofort vertraut vorkam, auf dunkle, schmerzliche Weise vertraut, noch bevor sie sich dieses Gefühl erklären konnte. Es war der Klang eines Klaviers, ja, genau: dieser vielfältige, mal fließende, mal tiefe, mal kristallreine Klang, den sie während der Konzerte des Jungen im Wintergarten Tag für Tag kennen- und vielleicht, gegen ihren Willen, lieben gelernt hatte. Merkwürdig, dass er sie bis hierher verfolgte, bis auf die Autobahn mit dem wilden Hupen der Lastwagen und dem Dröhnen der anderen Autos, die an ihr vorbeisausten, dass die Wagenfenster erzitterten.

Sie nahm die Finger vom Knopf, denn jetzt glaubte sie auch das Stück wiederzuerkennen; sie musste es von ihrem Patienten, wie sie ihn immer noch nannte, obwohl er es schon seit einer Weile nicht mehr gewesen war, gehört haben. Doch sosehr sie sich auch anstrengte, es gelang ihr nicht, sich zu erinnern, ob es ihr damals gefallen hatte oder nicht, aber im Grunde war das auch nicht wichtig. Wichtig war, dass es ihr jetzt gefiel, aber eigentlich auch das nicht, sondern dass sie jetzt, während sie diese Musik hörte, die ihr früher so fremd und bedrohlich vorgekommen war, die gleiche verzehrende Sehnsucht, das gleiche unerklärliche Zugehörigkeitsgefühl empfand, die sie jedes Mal auf ihren Spaziergängen zum Strand überfallen hatten, wenn sie plötzlich die schillernde Weite des Meeres vor sich hatte auftauchen sehen. Und diese Musik gerade hier, im Autoradio, wiederzufinden wie ein geheimes Pfand, das sie in ihr künftiges Leben mitnehmen konnte, machte sie mit einem Mal stark und mutig und versetzte sie in die Lage, allen Widrigkeiten siegesbewusst entgegenzutreten.

WENN ICH DENKE, dass ich anfangs geradezu euphorisch gewesen war, als ich die Vorhänge meines Fensters geöffnet und vor mir den schneeweißen Park gesehen hatte! Wie Du weißt, kommt das sogar mitten im Winter nur selten vor, und nicht einmal der Frost der vergangenen Tage hatte mich auf eine solche Überraschung vorbereitet. Ich schaltete den Wasserkocher ein, tat einen Teebeutel in die Tasse und kehrte dann zum Fenster zurück, um in aller Ruhe diese verwandelte Szenerie zu beobachten, deren Anblick ich im Moment vermutlich als Einziger genoss, da es noch früh am Morgen war und in der Klinik alle noch schliefen mit Ausnahme der Nachtschwestern, die zwischen die fensterlosen Wände der Flure verbannt waren. Doch während ich in kleinen Schlucken mein Morgengetränk schlürfte und die Zweige betrachtete, die sich unter der Schneelast beugten, stürzte ausgerechnet eine dieser Krankenschwestern plötzlich in mein Zimmer. Sie war so aufgewühlt, dass sie ganz vergessen hatte zu klopfen; sie kam einfach herein und starrte mich mit einem so verstörten Gesichtsausdruck an, dass ich aufsprang und die Tasse umstieß.

Ich fragte sie, was geschehen sei, und sie stammelte irgendetwas Unverständliches, halbe, unzusammenhängende Sätze, aus denen ich nur einen Namen herauszuhören vermochte, den Namen Rosenthal. Das genügte, dass ich mich unverzüglich zur Männerabteilung begab, zusammen mit der Krankenschwester, die teils hinter mir ging und dann wieder vorauseilte, dabei jedoch kein Wort sagte, als habe sie ein für alle Mal darauf verzichtet, mir irgendeine Erklärung zu geben.

Rosenthals Tür war geschlossen. Die Krankenschwester musste beim Hinausgehen die Geistesgegenwart gehabt haben, sie zu schließen, um das Innere des Zimmers vor denen zu verbergen, die zufällig vorbeigehen würden. Eine lobenswerte Vorsichtsmaßnahme, wie Du gleich verstehen wirst, auch wenn aus den anderen Zimmern noch nicht diese leisen Geräusche drangen, die normalerweise das Aufwachen ankündigen.

Es fällt mir schwer, Dir zu beschreiben, was mich hinter der Tür erwartete. Als ich eintrat, spürte ich als Erstes eine gewaltige Kälte und wurde von einer Welle eisiger Luft getroffen. Gleich darauf bemerkte ich, dass das Fenster weit offen stand; der Schnee hatte das Fensterbrett bedeckt und war auch ins Zimmer gedrungen, wo er auf dem Boden eine dünne mehlige Schicht gebildet hatte. Und dann sah ich vor dem Fenster den Sessel und zwei knochige Hände, welche die Armlehnen umklammerten. Die Rückenlehne verbarg mir das Übrige, erst als ich um den Sessel herumgegangen war, entdeckte ich den alten Rosenthal, der darauf saß, dem Fenster zugewandt, doch eigentlich saß er nicht und kauerte auch nicht, sondern befand sich in einer Position unheimlicher Entspanntheit, die mich sofort das Schlimmste fürchten ließ, und er war nackt, vollständig nackt, als habe er jeden Zentimeter seines welken Körpers der eisigen Kälte aussetzen wollen.

Einen Augenblick stand ich reglos da, vollkommen fassungslos, während die Krankenschwester das Fenster schloss. Von seinem Sessel aus zeigte Rosenthal mir ein blickloses bleiches und aufgedunsenes Gesicht, auf dem noch immer dieser Ausdruck trauriger Sanftheit lag, der mir durch den jahrelangen Umgang mit ihm so vertraut war. Ich beugte mich über ihn, fühlte seinen Puls und legte mein Ohr auf seinen hageren Brustkorb mit den herausstehenden Rippen, doch ich hörte nichts, nicht den leisesten Herzschlag.

Ganz automatisch warf ich ihm eine Decke über und wies die Krankenschwester an, Hilfe zu holen, nicht so sehr, weil ich noch irgendeine Hoffnung hatte, sondern um mich an das vorgeschriebene Prozedere zu halten. Ich wusste nur zu gut, was geschehen sein musste, mir war, als sähe ich den alten Rosenthal vor mir, wie er gestern Abend das Ende der letzten Visite abgewartet und dann, als alles ruhig war, den Sessel vorsichtig in die Mitte des Zimmers geschoben hatte. Genauso behutsam, um kein Geräusch zu machen, hatte er das Fenster weit geöffnet, Pyjama und Unterwäsche abgelegt und sich vor diese violette Finsternis, in welcher der erste Schnee herumzuwirbeln begann, gesetzt, fest entschlossen, dort sitzen zu bleiben, bis die Kälte ihn getötet hätte. Eine Art Selbstmord, die, glaube ich, ziemlich, vielleicht sogar ganz und gar einzigartig ist und so grausam, dass es mich fast reut, ihm keine schnelleren und schmerzloseren Mittel zur Verfügung gestellt zu haben. Wenn ich, anstatt ihm die Schlaftabletten mit der gebotenen Vorsicht zuzuteilen, einfach das ganze Fläschchen auf seinem Nachttisch vergessen hätte, hätte ich ihm zumindest etwas Leiden erspart und ihn nicht gezwungen, die ganze Nacht hindurch einsam diesen zähen Kampf kämpfen zu müssen, um den Todesengel zu sich zu locken.

Ich hoffe, dass diese Überlegungen Dich nicht schockieren. Was mich betrifft, so kamen sie mir in dem Augenblick vollkommen natürlich vor, was mich schockierte, war eher die Unzulänglichkeit, die blinde, pathetische Unzulänglichkeit, die ich und meine Wissenschaft angesichts der Qual

Rosenthals bewiesen haben. Ich schämte mich für jedes Schweigen, für jedes halbherzig an ihn gerichtete Wort und für jede der sorgfältigen Notizen, die ich mir nach den Sitzungen auf seinem Krankenblatt gemacht hatte; angesichts dieses steifen Körpers schämte ich mich sogar meines ruhigen Schlafs und meiner Unfähigkeit, das volle und unerschütterliche Bewusstsein des Grauens lange zu ertragen.

Als wir allein waren, drehte ich mich wieder zu ihm um und entblößte ihn, um das ganze Ritual noch einmal zu wiederholen. Kein Schlagen, natürlich, in diesem erstarrten Herzen, kein Hauch, der diesen bläulichen zusammengepressten Lippen entwich. Während ich auf die Krankenträger wartete, die ihn auf die Krankenstation bringen sollten (doch wozu? Zu welchem Zweck?), versuchte ich es selbst mit Herzmassage und künstlicher Beatmung; es bereitete mir keine Mühe, seinen leichten Körper auf den Boden gleiten zu lassen, nachdem ich die Decke vor dem Sessel ausgebreitet hatte. Wir Ärzte sind, das weißt Du ja, die Nacktheit nur allzu gewöhnt, vor allem die wehrlose und absolute Nacktheit der alten Leute, die nicht mehr vom Schleier der Anmut oder der Rüstigkeit geschützt wird, so dass der Umgang mit diesem Körper mich nicht in Verlegenheit brachte; dafür zwang mich jedes Mal, wenn ich auf die eintätowierte Nummer auf Rosenthals Handgelenk stieß, eine Art respektvoller Scham, den Blick abzuwenden. Er hatte immer sorgsam vermieden, sie mir zu zeigen, indem er langärmelige Hemden und Pyjamas trug, und für die Messung des Blutdrucks hielt er mir stets mit einem leichten entschuldigenden Lächeln den anderen Arm hin. Ja, es mag Dir merkwürdig vorkommen, aber vielleicht hatte ich diese Nummer noch nie gesehen, dieses in das Fleisch eines Toten gestochene Zeichen des Todes, das Rosenthal ständig auf sich gespürt haben musste, während er aß, während er schlief, ja sogar während er sich mit mir über Musik unterhielt oder im versunkenen, klangvollen Halbdunkel des Wintergartens saß. Wie hatte er damals gesagt? »*Die richtige Nummer, die angehaltene und unveränderliche Zeit, angezeigt auf dem Zifferblatt der Welt.*« Wenn ich mich recht erinnere, sagte er genau das, um Gewissheit zu haben, bräuchte ich nur meine nutzlosen Aufzeichnungen zu konsultieren. Hier notieren wir alles, mein Lieber; auch die Etappen dieses Abstiegs in die Hölle haben wir alle mit gewissenhafter Genauigkeit aufgezeichnet.

Ich war noch immer dabei, sein Herz zu massieren, das nicht reagierte, als ich aus dem Augenwinkel die offene Tür sah. Jemand stand auf der Schwelle, eine große reglose Gestalt, die kaum aus der Dunkelheit des Flurs heraustrat, und als ich mich mit einem Ruck umdrehte, erkannte ich den stummen Pianisten. Er stand da, vielleicht schon lange, ohne einen Schritt in das Zimmer zu machen, und beobachtete die fieberhaften Handlungen, die ich an Rosenthals Leichnam durchführte. Doch als unsere Blicke sich begegneten, kam er auf mich zu, während ich die Hände von der Brust des Toten nahm und mit der vagen Absicht aufstand, ihn fernzuhalten. In dem Augenblick hörten wir von der Treppe her eilige Schritte, und sofort wich der Junge zurück und verschwand wieder in der Dunkelheit des Flurs. Ich wollte ihm folgen, doch dann überlegte ich es mir anders. Ich verspürte jetzt das Bedürfnis, die Nacktheit des Alten zu bedecken, bevor die Krankenträger kamen, ich fühlte mich dazu verpflichtet, obwohl ich mir der Absurdität dieser Geste durchaus bewusst war. Mit wilder Hast zog ich ein Laken vom Bett und warf es über ihn, wobei ich zu spät (die Krankenträger standen bereits in der Tür) bemerkte, dass der Arm wie vergessen herausschaute und auf dem Handgelenk seine angehaltene und unveränderliche Zeit zur Schau stellte.

Ich werde nie den Tag vergessen, an dem sie ihn zu uns brachten. Da wir es gewohnt waren, auf die Geräusche des Krieges zu achten, wussten wir sofort, dass draußen etwas vor sich ging, und liefen alle zur Tür, um nachzuschauen, was es war. Wenn ich sage »alle«, meine ich diejenigen von uns, die noch übrig waren, will sagen, außer mir meine Schwiegertochter, meine Nichten und Neffen und der jüngere meiner Söhne, der kürzlich mit einem Bein weniger und unüberwindlichem Groll von der Front zurückgekehrt war, ein verzweifelter Mann, der sich seit Wochen wie ein Schatten fluchend, weinend und ebenso blutige wie undurchführbare Rachepläne gegen die Feinde ausbrütend auf seinen Krücken von einem Zimmer ins andere schleppte. Mein anderer Sohn, der verheiratet war, galt seit einiger Zeit als vermisst, und bereits damals wussten wir in unseren Herzen, dass er nicht mehr zurückkehren würde, während mein Mann das Glück gehabt hatte, seine Augen schon lange vorher zu schließen, als dieses Land noch mit Frieden gesegnet war.

Wie ich bereits sagte, eilten wir, sobald wir diese seltsamen Geräusche im Hof vor dem Haus hörten, alle zur Tür, die Kinder rannten, mein Sohn humpelte mit seiner Krücke, und meine Schwiegertochter und ich versuchten, einen gewissen Anstand zu bewahren trotz der furchtbaren Angst, die uns gepackt hatte, denn von draußen, aus der verrückt gewordenen Welt, konnten nur Gefahren oder schlechte Nachrichten kommen. Doch auf der Schwelle stießen wir einen Seufzer der Erleichterung aus; es waren lediglich unsere Nachbarn, zwei betagte Brüder, die dank ihres Alters sowohl der mehr oder weniger freiwilligen Einberufung in unsere Miliz als auch der Säuberungsaktion unserer Feinde entgangen waren. Unter Stößen, Schlägen und wütenden Flüchen führten die beiden Alten einen Jungen zu uns, der so jung und erschrocken war, dass sich mein Herz bei seinem Anblick zusammenkrampfte. Er war kaum älter als ein Kind; in den Augen hatte er jedoch diesen verwirrten Blick, an dem ich ihn sofort auf dem Foto erkannt habe.

Vor dem Krieg ging es unserer Familie gar nicht schlecht. Wir waren Bauern, aber wohlhabende, gebildete Bauern, unser Haus war das schönste im Dorf, und wir hatten es uns sogar leisten können, die Leidenschaft unseres älteren Sohnes für die Musik zu unterstützen, indem wir ihn zum Studium auf das Konservatorium der ehemaligen Hauptstadt schickten, lauter Dinge, die uns bei unseren Landsleuten besonderen Respekt verschafften; daher fand ich, in der Hoffnung, ein klein wenig dieses Respekts hätte die Verwüstungen der letzten Zeit überlebt, den Mut, die beiden Alten zu fragen, wer der Junge sei und warum sie ihn so malträtierten. Daraufhin erklärten sie mir, mein Mitleid sei vollkommen unangebracht, sie hätten diesen Jungen dabei erwischt, wie er um ihr Haus herumgeschlichen sei, gewiss mit bösen Absichten, und die Tatsache, dass er, als sie ihn verhört hätten, nicht ein einziges Wort zu seiner Entlastung hervorgebracht habe, habe ihn ohne den geringsten Zweifel als Fremden verraten.

Für uns bedeutete Fremder damals Serbe, und Serbe bedeutete Feind. Es erschien uns unglaublich, dass diese Leute früher einmal auf demselben Land in friedlicher Nachbarschaft mit uns gelebt hatten, dass einer von uns einen von ihnen um Hilfe hatte bitten können, um den im Schlamm stecken gebliebenen Traktor anzuschieben, oder ihm ein paar Gurken geschenkt hatte, bevor sie verfaulten, wenn die Ernte zu reichlich ausgefallen war. Dann waren die serbischen Familien vertrieben und ihre Häuser von Flüchtlingen unseres Volkes besetzt worden, die wiederum von den Serben aus den Dörfern ringsum vertrieben worden waren, denn das war der Lauf der Welt in jenen Jahren, und wir hatten sogar verlernt, uns zu fragen, ob das richtig war oder falsch; jeder hatte seine Wunden zu lecken, seine Toten zu beweinen, seinen Kampf auszufechten, um der täglichen Hölle des Kriegs zu entkommen, kurz, wir konnten uns nicht den Luxus leisten, an das Schicksal der anderen zu denken.

Als die beiden Alten uns erklärt hatten, wer der Junge war (oder ihrer Ansicht nach war), schob ich sofort das Mitleid beiseite, als würde ich etwas in den Schrank zurücklegen, das ich unpassenderweise herausgenommen hatte, während meine Schwiegertochter den jungen Gefangenen mit dem ernsten Blick einer Witwe ansah und mein Sohn wütende Gebärden in seine Richtung machte. Da er für sie das Familienoberhaupt war, erklärten die Nachbarn ihm, dass sie den Jungen unseren Truppen übergeben wollten, die ihr Lager nicht weit entfernt vom Dorf aufgeschlagen hätten; sie hätten sich überlegt, ihn in ein Gefangenenlager zu schicken oder auf der Stelle um die Ecke zu bringen, wie er es verdiene. Und da mein Sohn vorbehaltlos zustimmte, fügten sie hinzu, dass es jetzt jedoch schon zu spät sei, das Lager vor der Dunkelheit zu erreichen, man müsse die Sache auf morgen verschieben und bis dahin einen sicheren Ort finden, wo man den feindlichen Spion über Nacht einsperren könne. Und was für einen sichereren Ort gebe es als unser Haus, in dem ein Mann lebe, der Einzige im Dorf, verstümmelt zwar, aber noch immer im besten Mannesalter, der mit seinen Dienstwaffen den Gefangenen in Schach halten könne? Sie hätten ihren Teil getan, jetzt sei es unsere Sache. Morgen würden sie in aller Frühe wiederkommen und den Jungen abholen, ordentlich fesseln, auf den Karren laden und zum Lager bringen.

Mein Sohn schien von dieser Bitte geradezu geschmeichelt zu sein und willigte sofort ein, fügte aber hinzu, dass es am nächsten Morgen vielleicht gar nicht mehr nötig sei, irgendjemanden irgendwohin zu bringen. Daraufhin lachten alle, auch die Kinder; nur ich vermochte ihre Fröhlichkeit nicht zu teilen und schämte mich dafür. Es war wahrhaftig zu viel Blut vergossen worden, um sich noch von dem verstörten Blick eines Jungen rühren zu lassen.

Unterdessen war die kleinste meiner Nichten losgelaufen, um die Dienstpistole zu holen, und gab sie ihrem Onkel, der ihr dankte, indem er ihr liebevoll über das blonde Köpfchen strich. Dann richtete er den Pistolenlauf auf den Jungen und sagte den Nachbarn, sie könnten ihn ruhig loslassen; er solle nur versuchen zu fliehen, wenn er den Mut hätte … Mit einem letzten harten Stoß schickten sie ihn zur Schwelle unseres Hauses und befahlen ihm hineinzugehen, ohne Theater zu machen, und er gehorchte tatsächlich, wie ein Schaf, das zum Schlachthof geführt wird, während mein Sohn ihm mit der Pistole in der freien Hand folgte und meine Schwiegertochter sich bemühte, die laute Begeisterung der Kinder zu dämpfen.

Doch als die Tür geschlossen war und wir mit dem Gefangenen allein in der großen Diele standen, machte sich Verlegenheit breit. Reglos standen wir da und bildeten einen Kreis um ihn, und es schien, als habe niemand auch nur die geringste Idee, was wir machen oder sagen sollten. Auch der Junge stand stumm und reglos da, nur sein Blick, der an den eines gehetzten Tieres erinnerte, wanderte über die Wände, als suche er nach einem Fluchtweg.

Schließlich brach mein Sohn das Schweigen, indem er mit harscher Stimme erklärte, der verdammte Serbe solle im Stall bei den Tieren schlafen. Wie hart klangen seine Worte, fast unerträglich hart unter dem Dach unseres Hauses, in dem früher einmal alle freundlich aufgenommen und die Rituale der Gastfreundschaft äußerst gewissenhaft befolgt worden waren … Doch die Härte hatte sich schon seit geraumer Weile in unseren Herzen eingenistet, in dem verbitterten Herzen meines Sohnes, verstärkt von jedem dumpfen Hämmern der Krücke auf dem Holzfußboden, in dem meiner jungen Schwiegertochter, deren Weinen jede Nacht durch die Trennwand zu mir drang; ja sogar in den unreifen Seelen der

Kinder hatte sie so tiefe Wurzeln geschlagen, dass nicht einmal der Friede sie hätte herausreißen können. Und hatte nicht auch ich immer gedacht, wenn mir ein Serbe in die Hände fallen würde, würde ich mit diesen meinen Händen einer alten Frau Selbstjustiz an ihm üben und ihm die Augen auskratzen und das Fleisch in Fetzen vom Körper reißen für all das Leiden, das sein Volk dem meinen zugefügt hat? Jetzt jedoch fühlte ich mich vor diesem Jungen plötzlich wehrlos, bar jener wütenden Rachsucht, die ich so verbissen in mir genährt hatte, und ich konnte gar nicht anders, als mich der Entscheidung meines Sohnes zu widersetzen. Ganz gleich, wie es ausgeht, sagte ich zu ihm, morgen wird der Junge einem bitteren Schicksal entgegengehen, viel zu bitter für sein Alter; was ist schon dabei, wenn wir ihn heute Nacht noch in einem Bett innerhalb der Mauern eines Hauses schlafen lassen?

Natürlich war mein Sohn nicht einverstanden, doch ich ließ nicht locker, bis ich ihn überredet hatte. Ich führte den Gefangenen also in die Küche, während mein Sohn ihm mit seiner Krücke folgte und ihn mit der Pistole in Schach hielt, und gab ihm etwas zu essen (nicht viel, aber in diesen Zeiten gab es auch für uns nicht viel); dann kam der Augenblick, ihn in einem Zimmer einzuschließen, damit wir in Ruhe zu Abend essen konnten.

Ja, aber in welchem Zimmer? Das einzige, in dem ein freies Bett stand, war das meines vermissten Sohnes, nicht das eheliche Schlafzimmer, sondern eine Art Arbeitszimmer, in dem seine Bücher, das Klavier und die Partituren standen und in das wir auch ein Bett gestellt hatten für den Fall, dass wir über Nacht einen Besucher beherbergen müssten. Wie in allen Zimmern im Erdgeschoss war das Fenster durch ein kräftiges Gitter geschützt, genau das Richtige, um jeden Fluchtversuch zu verhindern.

Als ich diesen Vorschlag machte, schrie meine Schwiegertochter vor Entsetzen auf, und auch mein jüngerer Sohn war empört; für ihn war es geradezu ein Sakrileg, dass diese Bestie von einem Serben, wie er ihn nannte, im Zimmer seines Bruders schlafen sollte, zwischen den Dingen, die ihm am liebsten waren, und ebenjenes Sofa benutzen sollte, auf dem der Vermisste sich nachmittags so gern ausgestreckt hatte, um zu lesen. Eine solche Schande würde er nicht hinnehmen, da würde er ihn lieber auf der Stelle umbringen.

Ich redete erneut auf ihn ein und versuchte ihn zur Vernunft zu bringen: Es habe doch keine Eile, den Jungen umzubringen. Gegebenenfalls würden unsere Soldaten das übernehmen, schließlich seien sie ja dazu da. Ihn in der Zwischenzeit in dem Zimmer unterzubringen sei die einzige Lösung, das solle er doch bitte einsehen, damit wir endlich zu Tisch gehen könnten. Kurz und gut, ich bestand so hartnäckig darauf, dass er es schließlich wirklich einsah; sogar meine Schwiegertochter gab mit einem Zeichen widerwillig ihre Zustimmung und ging dann den Tisch decken, während mein Sohn und ich, gefolgt vom üblichen Schwarm fröhlicher Kinder, den Gefangenen in das Zimmer eskortierten und dort zurückließen, nachdem wir den Schlüssel dreimal im Schloss umgedreht hatten.

Es war ein merkwürdiges Abendessen, bei dem wir uns alle bemühten, uns so normal wie möglich zu benehmen und die Anwesenheit des Jungen zu vergessen. Ich stand ein paarmal unter einem Vorwand auf, um an seiner Tür zu horchen, doch aus dem improvisierten Kerker drang nicht das leiseste Geräusch, woraufhin ich beruhigt an den Tisch zurückkehrte. Wenn mein Sohn, meine Schwiegertochter oder eines der Kinder aufstanden, konnte ich nicht anders, als ihnen mit den Augen zu folgen, denn ich wusste sehr gut, wohin sie gingen. Doch unsere Sorge war unbegründet und blieb es bis zum Ende des Abendessens; müde, wie er war, musste der Junge fast sofort eingeschlafen sein, und daher konnten auch wir getrost ins Bett gehen und unsere Sorgen auf den nächsten Tag verschieben.

Und doch war ich – ich weiß nicht, wie es den anderen ging – in Wirklichkeit alles andere als beruhigt. In dieser Nacht löschte ich das Licht viel später als sonst, und auch nachdem ich es gelöscht hatte, wälzte ich mich mit gespitzten Ohren hin und her, bereit, beim leisesten Geräusch aus dem Bett zu springen. Doch der Schlaf überfiel mich in immer stärkeren Wellen, bis ich mich schließlich nicht mehr wehren konnte und mit allem anderen auch die Erinnerung an den gefangenen Jungen verblasste.

Vielleicht schlief ich bereits seit Stunden, vielleicht erst ein paar Minuten, als in meinen Traum nach und nach ein Klang drang, wie das Echo einer fernen Musik. Von wo auch immer er kommen mochte, sehr schnell stellte ich fest, dass er nicht Teil meines Traums war, und schreckte aus dem Schlaf. Ich brauchte noch ein paar Augenblicke, bis ich wieder bei klarem Verstand war, doch dann begriff ich, worum es sich handelte, schlüpfte in den Morgenmantel und stürzte zur Treppe.

Jetzt erkannte ich auch die Musik, ein Stück von Skrjabin, das lange zu den Lieblingsstücken meines Sohnes gehört und das ich nie hatte ausstehen können. Bekanntlich hat ja jeder seinen eigenen Geschmack; mir gefällt nur die Musik, die man leise beim Wäscheaufhängen vor sich hin trällern oder, besser noch, auf die man mit Freunden auf einem Fest tanzen kann. So war es zumindest einmal gewesen, vor dem Krieg; doch während ich in dieser Nacht die Treppe hinunterlief, entdeckte ich eine unerwartete Nähe zwischen meinen tiefsten Gefühlen und der Musik, die ich da hörte, als sei die Zeit der Walzer, Polkas und naiven populären Tanzlieder, die mein Sohn häufig gespielt hatte, um mir eine Freude zu machen, für immer vorbei. Doch ich dachte weniger an die Musik als an den Jungen, an die erschreckende Kühnheit, mit der er es wagte, auf diesem Instrument zu spielen; ich hatte Angst um ihn, um sein Leben, und betete, dass von den anderen, die im Haus schliefen, niemand wie ich durch den Klang des Klaviers geweckt worden war.

Als ich in den Flur kam, auf den das Zimmer des Gefangenen ging, sah ich, dass die Tür offen stand. Verwundert stürzte ich dort-

hin und war noch verwunderter, als ich die Schwelle des Zimmers erreichte und im Innern zwei Gestalten erblickte, beide im Profil und trotz des Halbdunkels, das das Licht einer Nachttischlampe kaum zu erhellen vermochte, deutlich erkennbar. Die erste war der Junge, diese Bestie von einem Serben, der am Klavier saß und spielte, ohne den Blick von der Tastatur zu nehmen und ohne zu erkennen zu geben, dass er die offene Tür bemerkte; doch die zweite Gestalt (ich musste zweimal hinschauen, bevor ich es fassen konnte) war mein Sohn. Er saß auf einer Bank hinter dem Jungen, das verbliebene Bein leicht ausgestreckt und die Krücke gegen die Bretterwand gelehnt. Die Pistole lag wie vergessen auf dem Tischchen daneben.

In dem Augenblick hörte ich ein Scharren im Flur, und als ich mich umdrehte, sah ich meine Schwiegertochter und hinter ihr die Kinder kommen. Ich legte den Finger auf die Lippen, und als sie mich erreichten, streckte ich die Arme aus, um die Tür zu versperren; was immer die Szene, die ich beobachtete, auch zu bedeuten hatte, ich spürte, dass niemand, auch ich nicht, sie unterbrechen durfte, indem er ins Zimmer trat.

Wir blieben also im Flur, verborgen im Dunkeln. Als ich genauer hinschaute, bemerkte ich, dass mein Sohn leichenblass war; das Gesicht, der Nacken, die Hände, die sich um den Rand der Bank legten, als wollte er sich daran festklammern, jeder Teil seines Körpers schien erstarrt zu sein, während er mit schmerzlicher Konzentration zuhörte. Von Zeit zu Zeit, während mancher Passagen, erschütterte ein unterdrückter Schauer diese Reglosigkeit, und es waren die Passagen, an die auch ich mich besser erinnerte, weil mein vermisster Sohn sie tausendmal wiederholt hatte. Wenn man die Augen schloss, hätte man glauben können, er würde spielen, so sehr ähnelte der Anschlag dieses fremden Jungen dem seinen, und gewiss hatte mein Sohn den gleichen Eindruck, obwohl er die Augen geöffnet, ja sogar weit aufgerissen hatte und unablässig die über das Klavier gebeugte Gestalt anstarrte.

Dann sah ich jedoch, wie er plötzlich einen Arm nach der Krücke ausstreckte und aufstand, so schnell, wie seine Verstümmelung es ihm erlaubte. Und da fürchtete ich erneut um das Leben des Jungen, der selbstvergessen weiterspielte, während mein Sohn zu ihm ging und der Holzboden unter seiner Krücke knarrte. Ich unterdrückte mühsam einen Schrei, als er ihn endlich erreichte und die Hand ausstreckte, um ihn an der Schulter zu packen. Mit einem Schlag wurde es still. Der Junge nahm die Finger von den Tasten und drehte sich zu meinem Sohn um, der ihm mit einer despotischen Geste, die er bei der Armee gelernt haben musste, bedeutete, vor ihm aus dem Zimmer zu gehen. Er gehorchte, wie er den beiden Alten gehorcht hatte, die ihm befohlen hatten, in unser Haus zu treten, mit der gleichen Gefügigkeit, mit der sich das Schaf zum Schlachthof führen lässt, und kam zur Schwelle, gefolgt von meinem Sohn, während wir, zu Tode erschrocken, in ein anderes Zimmer auswichen, um sie vorbeizulassen.

Als sie sich weit genug entfernt hatten, ging ich auf Zehenspitzen hinter ihnen her; auch wenn mich die Vorstellung schmerzte, wollte ich um jeden Preis das Ende dieser Szene miterleben. Alles war so plötzlich geschehen, dass ich nicht mitbekommen hatte, ob mein Sohn die Pistole von dem Tischchen genommen hatte, um sie in die Tasche zu stecken; doch wie auch immer, ich würde es nur allzu schnell herausfinden. Ich folgte ihnen also weiter heimlich durch den Flur, während Schwiegertochter und Kinder mir folgten, ob mit der vagen Absicht, ebenfalls zugunsten des Jungen einzugreifen, oder, wahrscheinlicher, einfach nur aus Neugier, weiß ich nicht. Währenddessen hatte mein Sohn den Gefangenen bereits in die Diele gebracht, wobei er ihn die ganze Zeit auf diese schroffe und militärische Weise behandelte, die nichts Gutes verhieß. Ich sah, wie er die Eingangstür aufschloss – er schwankte ein wenig, als er den schweren Riegel beiseiteschob –, die Tür weit öffnete, auf die Schwelle trat und hinausblickte; der Junge, der einen Schritt von der Tür entfernt war, schien resigniert auf weitere Anweisungen zu warten. Es war jetzt so still, dass ich neben mir das Keuchen meiner Schwiegertochter und sogar das leise Atmen der Kinder hören konnte.

Nachdem er lange aufmerksam in die Dunkelheit gestarrt hatte, kam mein Sohn wieder herein, packte erneut den Jungen, am Arm diesmal, und stieß ihn hinaus. Ich kam gar nicht auf den Gedanken, dass dieser sich wehren könnte und dass es ihm im Grunde nicht schwerfallen würde, mit einem Invaliden fertig zu werden, doch tat er nichts dergleichen, er ließ sich widerstandslos hinausstoßen, vielleicht weil mein Sohn tatsächlich die Pistole in der Tasche hatte und drohte, beim ersten Anzeichen von Widerstand auf ihn zu schießen.

Sobald sie draußen waren, lief auch ich zur Tür. Ich war bereit, zu schreien, meinen Sohn anzuflehen, ja sogar dazwischenzugehen, falls es notwendig sein sollte; kurz, ich war auf alles gefasst, nur nicht auf das, was ich sah. Sie standen nebeneinander, zwei Schatten, die sich kaum gegen den bestirnten Nachthimmel abhoben, gehüllt in eine Stille, die nur von den Grillen durchbrochen wurde, die wie immer ihr eintöniges Zirpen hören ließen. Und während wir den Atem anhielten, hob mein Sohn den Arm und zeigte auf die offene Landschaft vor sich; eine Geste, die unmöglich misszuverstehen war, den Jungen jedoch zunächst zu überraschen schien. Erst nach ein paar Augenblicken fand er den Mut, sich zu entfernen. Als er auf der Straße war, drehte er sich noch einmal um und blickte wie in einem stummen Gruß zu seinem Kerkermeister, dann verschwand er schnellen Schrittes in der Dunkelheit. Mein Sohn stand noch immer da, zitternd, auf seine Krücke gestützt, als fände er nicht die Kraft, ins Haus zurückzukehren.

In dem Augenblick spürte ich, wie ich am Ärmel gezogen wurde, und als ich den Blick senkte, sah ich meine kleine Nichte, diejenige, die die Pistole geholt hatte. »Warum hat der Onkel ihn laufen lassen?«, fragte sie mich enttäuscht mit leiser Stimme. »Sei still«, erwiderte ich, »jetzt musst du wieder in die Heia.« Und noch bevor mein Sohn sich bewegte, gingen wir bereits die Treppe hinauf, die Kinder rennend, wie üblich, meine Schwiegertochter langsamer, an mir Halt suchend und ihr tränennasses Gesicht an meiner Schulter verbergend.

ENTSCHULDIGE, LIEBER FREUND, wenn ich Deine Geduld heute überstrapaziere, indem ich Dir ein zweites Mal schreibe, doch ich verspüre wirklich das Bedürfnis, die Bürde dieses Tages mit jemandem zu teilen. Hier in der Klinik schlafen jetzt alle, nur mir ist absolut nicht danach zumute, zu Bett zu gehen; hellwach und schmerzbewegt versuche ich in der gedächtnislosen Stille, die mich umgibt, meine Gedanken zu ordnen, um Dir wenigstens einigermaßen zusammenhängend die letzten Ereignisse zu schildern.

Von Rosenthals Selbstmord habe ich Dir bereits erzählt. Als die Krankenträger kamen, brachten wir ihn zunächst in die Krankenstation und dann, nachdem ich mich erneut von der Sinnlosigkeit jeder Hilfe überzeugt hatte, in einen kühlen, abseits gelegenen Raum (vielleicht erinnerst Du Dich an ihn), der uns als Leichenhalle dient. Der Transport fand diskret, fast heimlich statt, damit die Patienten nichts bemerkten, und in der Tat nahmen diese zerstreuten Leidensgenossen keine Notiz von seinem Tod – mit Ausnahme des stummen Pianisten –, da jeder zu sehr mit seiner eigenen Krankheit beschäftigt ist, um wegen einer verschlossenen Tür oder eines leeren Platzes am Tisch des Speisesaals Verdacht zu schöpfen.

Er hatte nichts hinterlassen, keinen Brief, der die Gründe für seine Tat erklären würde (das war auch nicht nötig, an seiner Stelle hätte ich ebenfalls entschieden, in aller Stille zu gehen), aber auch keinerlei testamentarische Verfügung oder irgendwelche Anweisungen für sein Begräbnis. Rosenthal hatte keine nahen Verwandten, die Eltern und die Schwestern waren mit Millionen ihresgleichen in jenem ungeheuren Abgrund verschwunden, und er hatte, so sehr gequält von seinen Erinnerungen, niemals den Mut gefunden, eine neue Familie zu gründen; ich telefonierte daher mit einem entfernten Cousin, den er beim Ausfüllen des Aufnahmeformulars als die Person angegeben hatte, die »im Notfall« zu verständigen sei, und ließ in der Zwischenzeit alles, wie es war: den Leichnam in der sorgfältig verschlossenen Leichenhalle, wo er später vom Leichenbeschauer und vom Gerichtsmediziner untersucht werden würde, und die persönlichen Sachen – nur wenige Dinge: Kleidung, Wäsche, Toilettenartikel und vor allem eine beachtliche Sammlung von Büchern, die ihm in den schlaflosen Nächten Gesellschaft geleistet haben müssen – in seinem Zimmer, in das bis jetzt niemand den Fuß gesetzt hat. Sosehr ich auch gesucht habe, ich habe nicht ein Foto, nicht einen Gegenstand aus seiner Vergangenheit gefunden. Dienstag werde ich alles dem Cousin übergeben, der seine Ankunft mit dem Mittagszug angekündigt hat, und Rosenthal wird, da es kein Familiengrab gibt, auf dem kleinen jüdischen Friedhof der Nachbarstadt seine letzte Ruhe finden.

Auch jetzt kann ich mich noch nicht an den Gedanken gewöhnen, dass er tot ist; heute Morgen war ich so erschüttert, dass ich mich erst nach ein paar Stunden an den Jungen erinnerte, den einzigen Patienten, der von seinem Selbstmord wusste. Ich ging in sein Zimmer hinauf, wo er mit diesem abwesenden Ausdruck auf dem Bett saß, der typisch für ihn ist, und trotz sorgfältigster Untersuchung konnte ich kein Anzeichen eines Schocks bei ihm finden. Ich wusste, dass er das Mittagessen nicht angerührt hatte, doch angesichts der Umstände war das nicht weiter verwunderlich, und daher verließ ich beruhigt sein Zimmer und wandte mich wieder den traurigen Obliegenheiten zu, die mit Rosenthals Tod verbunden sind.

Du weißt ja, wie wichtig es in einer Klinik wie unserer ist, dass die Gewohnheiten der Patienten niemals durcheinandergebracht werden und das tägliche Leben mit absoluter Regelmäßigkeit abläuft; für die Kranken bedeutet jede Veränderung ein Trauma und wird daher um jeden Preis vermieden, auch um den Preis, den eigenen Gefühlen Gewalt anzutun. Du kannst Dir vorstellen, in was für einer Stimmung ich war, als ich mich zur Mittagszeit mit einem Lächeln auf den Lippen im Speisesaal einfand, um den üblichen Smalltalk zu machen und alles aufzuessen. Gott sei Dank gelang es mir, und auch Ärzte und Pflegepersonal spielten überzeugend ihre Rollen; was die Patienten betrifft, so konnte ich sicher sein, dass niemand von ihnen ahnte, was geschehen war. Sie erwähnten Rosenthal nur ein einziges Mal, um sich zu fragen, ob er bereit sein würde, der vierte Mann bei der nächsten Bridgepartie zu sein; dass er nicht heruntergekommen war, hatte nichts zu bedeuten, offensichtlich hatte er es vorgezogen, das Mittagessen auf seinem Zimmer einzunehmen. Die Gräfin war zu meiner großen Verblüffung die Einzige, die eine dunkle Wahrnehmung der Realität erkennen ließ, als sie mir erzählte, in jener Nacht habe ihr verstorbener Mann ihr keine Ruhe gelassen und ihr die ganze Zeit unverständliche Sätze ins Ohr geflüstert, in denen mit unheilvoller Regelmäßigkeit das Wort »Tod« vorgekommen sei; doch das war nicht das erste Mal, dass Graf X sich damit amüsierte, sie so zu erschrecken, besonders wenn zum Abendessen irgendetwas Schwerverdauliches serviert worden war.

Kurz und gut, alles verlief in einer Atmosphäre der Normalität, die etwas Groteskes hatte. Erst gegen Abend, als ich mich pünktlich in den Wintergarten begab, begann mich eine gewisse Besorgnis zu beschleichen, als ich feststellte, dass der Pianist noch nicht erschienen war. Auch das Publikum der Auserwählten warf immer unruhigere Blicke zur Tür, denn der Junge war noch nie zu spät gekommen. Ich setzte mich zwischen sie, ohne irgendwelche Erklärungen abzugeben, obwohl mir die Gründe für diese Abwesenheit nur allzu klar waren, und nach einigen Minuten war ich überzeugt, dass das Konzert nicht stattfinden würde.

Doch dann erschien auf der Schwelle plötzlich die schlaksige Gestalt des Jungen. Er kam herein, gefolgt von der neuen Krankenschwester, die ein paar Schritte hinter ihm ging, und durchquerte den Raum mit der üblichen Langsamkeit, aber dieses Mal blieb sein Blick nicht starr auf den Flügel gerichtet, sondern musterte eines nach dem anderen die Gesichter der Zuhörer. Ein fester, fast strenger Blick, in dem ein fragendes Licht leuchtete; als er mich traf, spürte ich, dass er wie ein Senklot in meine Seele drang, doch glücklicherweise setzte der Patient seinen Weg fort und erreichte ohne weitere Verzögerung den Flügel.

Als er sich auf den Schemel setzte, stießen alle Anwesenden einen Seufzer der Erleichterung aus. Auch ich, überzeugt, dass das Schlimmste vorbei sei und der Junge, selbst wenn Rosenthals Tod ihn wirklich getroffen hatte, die Episode jetzt hinter sich gelassen habe. Es dauerte ein paar Augenblicke, bis ich begriff, wie sehr ich mich getäuscht hatte, so lange, wie ich brauchte, um das Stück zu erkennen, das der Pianist zu spielen begonnen hatte. Ja, ein Irrtum war ausgeschlossen: die zwanghafte Wiederholung jenes Akkordes, die nackten Töne, die von einer Eisscholle abzuprallen schienen, die gespenstische Leierkastenmelodie, die er langsam und ungebunden spielte, jeden einzelnen Ton skandierend … *»Wunderlicher Alter, soll ich mit dir geh'n?«*

Wenn die Toten eine Stimme hätten, mein Freund, wäre es genau diese; so hatte Rosenthal gesagt, und so kam es auch mir jetzt vor, während in mir das Gefühl immer stärker wurde, von einem Strudel verschluckt zu werden, im Kreis um einen Abgrund zu gehen oder mich in einer schwülen Holzbaracke zu befinden und die Ohren zu spitzen, um den Sohn der Verheißung zu hören. Doch was mich vor allem erschütterte, war die Unverständlichkeit, fast würde ich sagen, die Unmöglichkeit eines derartigen Zufalls (wenn ich ihn als einen solchen ansehen darf), denn der Junge hatte dieses Lied bis dahin nie gespielt und wusste auch gewiss nichts von Rosenthals Erinnerungen. Und dann war da noch etwas anderes: die furchtbare, absolute Ausdruckslosigkeit des Spiels, als werde es nicht von den Händen eines Menschen ausgeführt, sondern von der sinnlosen Bewegung eines mechanischen Apparats. Mehr denn je hatte ich, während ich seinen starren Oberkörper und die Arme beobachtete, die sich über der Tastatur bewegten, als folgten sie einem eigenen Willen, den Eindruck, dass der Pianist diesen weißen und schwarzen Tasten gehorchte, anstatt sie zu beherrschen.

Die Auserwählten rutschten nervös auf ihren Sesseln herum. Gehüllt in ein feierliches Halbdunkel, überragt von der leeren Dunkelheit der Kuppel, wohnten sie mit zunehmender Bestürzung dieser Art Trauergottesdienst bei, der von einem Toten zu Ehren eines Toten abgehalten wurde. Lisa, der kleine flämische Engel, streckte mit einem Mal sogar in einer Geste der Abwehr die Arme nach vorn aus, und während ich sie beobachtete, war ich versucht, es ihr gleichzutun, um den düsteren Angriff der Töne abzuwehren; stattdessen rührte ich mich nicht, als wäre ich gelähmt, bis der letzte Akkord langsam in der Stille verklang.

Unmittelbar danach drang der dumpfe Schlag des abrupt

geschlossenen Deckels an mein Ohr, dem ein lang anhaltendes Gemurmel der Zuhörer folgte. Ich blickte erneut zum Podium; der Pianist saß mit gesenktem Kopf auf seinem Schemel, wie erschlafft, die Arme hingen an seinem Körper herunter. Jetzt schwiegen alle im Raum und hielten den Atem an; keiner wagte sich zu räuspern oder ein Wort mit seinem Nachbarn zu wechseln, niemand fand die Kraft, auch nur die kleinste Bewegung zu machen, um diese Atmosphäre der Erwartung zu durchbrechen, niemand vermochte den Blick von der reglosen Gestalt abzuwenden, die vor dem geschlossenen Flügel saß.

Lange saßen wir wartend da und hofften, der Junge würde wieder zu spielen anfangen, doch er tat es nicht. Es war, als habe er nichts weiter hinzuzufügen, für heute oder für immer; als sei er auf der anderen Seite, jenseits der Eisscholle, angekommen und könne nicht mehr zurück. Schließlich machte ich der Krankenschwester ein Zeichen, und diese stieg auf das Podium und forderte ihn auf, sich zu erheben, indem sie ihn sanft an der Schulter berührte um ihn dann zur Tür zu begleiten und ihn in sein Zimmer zurückzubringen. Er gehorchte mit dieser Mischung aus Folgsamkeit und Teilnahmslosigkeit, die ich als seine grundsätzliche Haltung den Dingen gegenüber kennengelernt hatte, die mir allerdings jetzt, nach dem jähen Abbruch des Konzerts, besonders beunruhigend vorkam.

Ich kann Dir nicht genau sagen, was ich befürchtete und noch immer befürchte, während ich Dir in der nächtlichen Stille meines Zimmers diese Zeilen schreibe; Tatsache ist, dass ich, während ich der Gestalt des Jungen mit den Augen folgte, ein so deutliches Gefühl von Gefahr verspürte, dass es mir den Atem verschlug. Einer nach dem anderen erhoben sich die Auserwählten von den Sesseln, um enttäuscht zum

Flur zu gehen; nur ich konnte mich nicht entschließen aufzustehen. Nachdem alle anderen sich entfernt hatten, blieb ich unter der Glaskuppel sitzen und starrte auf die schwarze stumme Gestalt des Flügels, während eine Unmenge musikalischer Erinnerungen durch meinen Kopf schwirrten: der kristallklare Regen Mozarts, die düsteren Labyrinthe César Francks, die fiebrige Schwermut Chopins … Seltsamerweise verwandelten sie sich jedoch; der Rhythmus änderte sich, die Tonart änderte sich, die Töne wurden durch andere Töne ersetzt, und am Ende wurden alle ein einziges Motiv, immer dasselbe.

Heute ist keiner auf dem Pfad, keiner, der an der ersten Biegung stehen bleibt, um von oben den langen Streifen des Strandes zu betrachten, wo die letzten Spuren des Schnees in einer bleichen Trostlosigkeit eins werden mit dem weißlichen Sand und die Schreie der Möwen, das leise Sichbrechen der Wellen und das Knarren der vom Wind gepeitschten Hütten mit ihrem eintönigen Kontrapunkt die Stille dieses Theaters ohne Zuschauer noch unterstreichen.

Was ihn betrifft, sein Schritt ist so leicht, dass er nicht das leiseste Geräusch auf dem nachgiebigen Boden verursacht. Er hat Schuhe und Strümpfe ausgezogen, und trotz der Kälte trägt er nichts über dem alten verblichenen Frack. Und so geht er barfuß im Licht der aufsteigenden Sonne über den Strand zum Meer, und als er es erreicht hat, beginnt er, an der Strandlinie entlangzulaufen. Niemand sieht ihn, niemand kann ihn fragen, wohin er geht, während er dieser nassen Grenze folgt, langsam, doch ohne zu zögern, wie jemand, der einen vorgeschriebenen Weg nimmt. Der Wind hat sich unterdessen gelegt, auch die Möwen schweigen seltsamerweise und machen die Stille fast vollkommen, in der nur der unablässige Ruf des Meeres widerhallt. Wer weiß, vielleicht hat die Gegenwart des Jungen sie befangen gemacht, oder sie verfolgen, reglos und verwundert, mit ihrem starren Vogelblick dieses langsame Laufen dem Nichts entgegen. Denn in dieser Richtung gibt es nichts, kein Dorf, kein Haus, nicht einmal eines der seltenen verlassenen Strandbäder, die im Winter die Strände wie gespenstische Relikte des Sommers sprenkeln; es gibt nur das Meer, bleich im kalten Licht des beginnenden Tages, und den langen Sandstreifen, der es säumt, so weit das Auge reicht; trotzdem setzt der Junge zwischen Meer und Sand seinen Weg fort, den Blick nach vorn gerichtet, als blinke da vor ihm, ganz hinten in der Ferne, wo sich die Küstenlinie in einem ungewissen bläulichen Dunstschleier auflöst, ein Ziel.

Plötzlich bleibt er stehen und dreht sich um, zum Küstenvorsprung. Er scheint etwas jenseits des Pfads zu suchen, jenseits der Baumgruppe, welche die Spitze krönt; doch von der Klinik kann er nur die hohen Schornsteine sehen, die in den Himmel ragen, oder aber ein Stück braune Mauer, halb verborgen vom Laub. Er blickt noch einen Augenblick in diese Richtung, wie zu einem stummen Gruß, dann setzt er seinen Weg fort, und bald verliert sich seine barfüßige schwankende Gestalt im Dunst des beginnenden Tages, während die Möwen erneut ihre Schreie über dem menschenleeren Strand ertönen lassen.

im Winter die Strände wie gespenstische Relikte des Sommers sprenkeln; es gibt nur das Meer, bleich im kalten Licht des beginnenden Tages, und den langen Sandstreifen, der es säumt, so weit das Auge reicht; trotzdem setzt der Junge zwischen Meer und Sand seinen Weg fort, den Blick nach vorn gerichtet, als blinke da vor ihm, ganz hinten in der Ferne, wo sich die Küstenlinie in einem ungewissen bläulichen Dunstschleier auflöst, ein Ziel.

Plötzlich bleibt er stehen und dreht sich um, zum Küstenvorsprung. Er scheint etwas jenseits des Pfads zu suchen, jenseits der Baumgruppe, welche die Spitze krönt; doch von der Klinik kann er nur die hohen Schornsteine sehen, die in den Himmel ragen, oder aber ein Stück braune Mauer, halb verborgen vom Laub. Er blickt noch einen Augenblick in diese Richtung, wie zu einem stummen Gruß, dann setzt er seinen Weg fort, und bald verliert sich seine barfüßige schwankende Gestalt im Dunst des beginnenden Tages, während die Möwen erneut ihre Schreie über dem menschenleeren Strand ertönen lassen.